セルツェ——心

遥かなる択捉を抱いて

不破理江
Rie Fuwa

TOYO SHOTEN SHINSHA

蘂取市街全景（右側蘂取川）†

高台より蘂取川を望む†

† 公益社団法人千島歯舞諸島居住者連盟提供

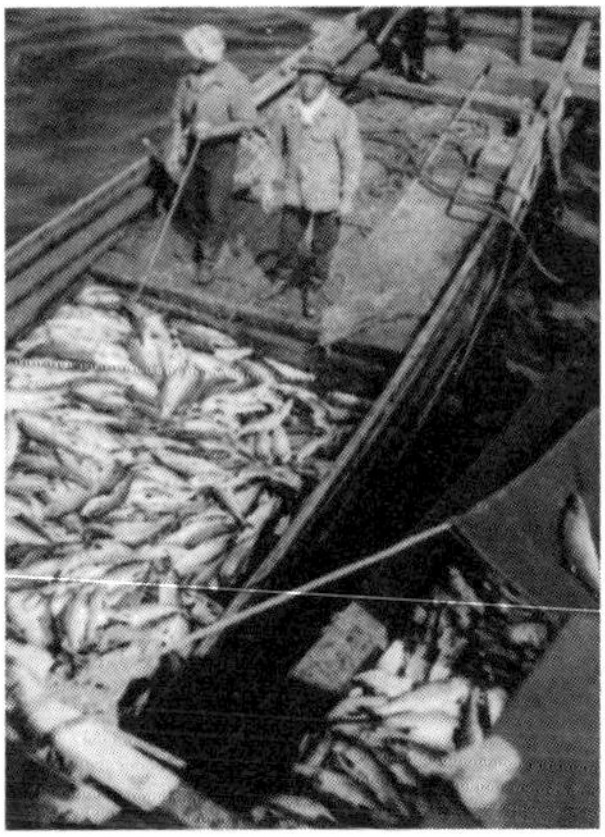

薬取での鮭鱒漁↑

ラッキベツの滝↑

薬取での鯨の解体↑

昭和六年八月、太平洋横断飛行途中に紗那に不時着した米リンドバーグ夫妻がくつろぐ様子。倉沢紗那駅逓（公設旅館）の皆さんと。昭平は父が三脚と写真鞄を抱え紗那警察署に向かう後を追った。まず驚いたのは夫妻の履いていた長い編み上げ靴で、父が履いていたものとは編み上げの長さが格段に違っていた（山本昭平氏提供）

蘂取役場†

青年団による芝居†

藥取村藥取尋常
高等小学校十

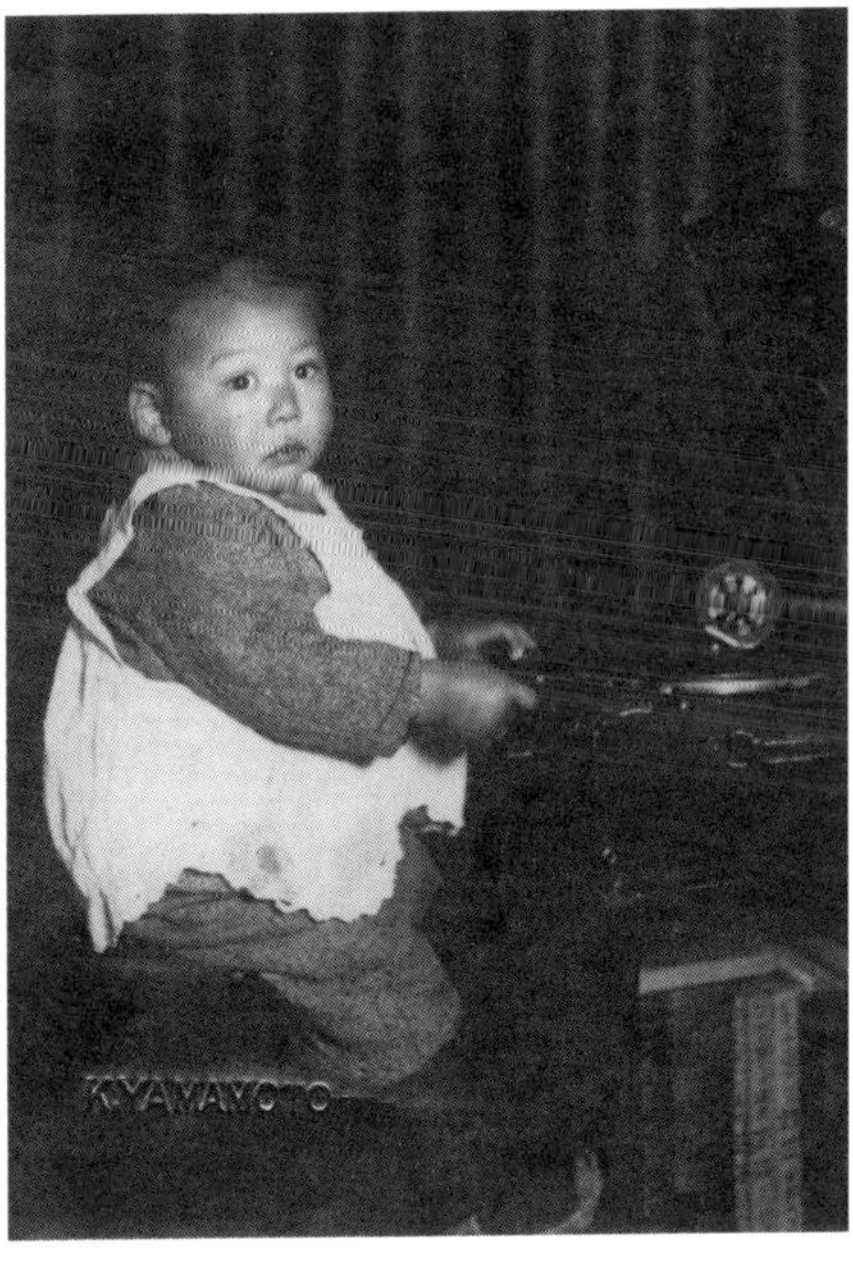

父勝四郎紗那営林区署勤務時代、月給の大半で購入したという米イーグル社製蓄音機、強制送還時ドクトルにプレゼントする。昭平三歳の頃（山本昭平氏提供）

セルツェ——心

遥かなる択捉を抱いて

はじめに

北海道、道東の玄関口釧路から単線の花咲線に乗ってさらに東へ向かう。一時間もすると街並みはとぎれとぎれになり、針葉樹の森と開けた海が入れ替わり立ち替わり現れる。湿地を横切り、時折水面ぎりぎりを飛ぶようにして汽車は進み、カラマツ林をぬって、やがて東の果てに着く。——根室。

夏季の平均気温は十度を少し上回る程度、海霧が降り、高山植物が、ここでは平地に咲く。海抜ゼロメートル地帯にアカエゾマツの森が広がる。海沿いの強風に歪められ、風の吹き跡にそって身をねじるようにして生えたミズナラの林が、空と大地を分ける。遥か沖を見やれば、空の割合が七、あるいは海の割合が七。天気の良い日にはその空と海のあわいに島影が見える。左半分は知床半島、そしてわずかな空隙をはさんで海面に浮かび上がるのが、国後島——泊山そして羅臼山の青い影だ。運がよければその遠くに爺々岳がかすんで見え、さらにその遥か彼方に横たわっているのが択捉（エトロフ）島だ。根室半島最先端の納沙布岬から択捉島までの距離は、百四十四・五キロメートル。船旅で二十時間ほどの距離だが、今は自由な行き来ができない。

第二次世界大戦終結後の一九四五年八月二十九日、北千島を南下してきたソ連軍が択捉島に侵攻、九月五日までには、国後、色丹、歯舞群島もそれぞれ武装解除し、南千島全域を占領したのだった。

島民たちは約二年の間、ソ連軍の支配、続いては新移民たちとの〝共住〟の時を経て、サハリン経由で函館へと強制退去させられた。財産や土地のすべてをあとに残し、過酷な移動の間に病気になって亡くなった人も多かった。ほとんどの人は、敗戦後の混乱期の日本で裸一貫で再出発することを余儀なくされ、ひとかたならぬ苦労をしてきた。

領土交渉が長引く中で、親の墓参りすらできないまま故郷を見ずに亡くなっていく元島民の数も増えていく。彼らにせめて、領土問題の解決を待たずに島を訪れて墓参をさせようという試みはソ連時代の一九六四年から始まっていたのだが、もと暮らしていた土地をもう一度見たい、歩いてみたい、という切実な願いは満たされないままであった。それを受けて一九九九年九月から、多くは無人となっている元の村落の跡地に上陸し、散策する、といういわゆる「自由訪問」が始まった。元島民にとっては、懐かしい故郷を訪れることができる最も心躍る訪問である。

択捉島蘂取（シベトロ）村出身の山本昭平さんとは、そんな訪問で一緒になった。初めて会った山本さんは静かな面差しの人で、「セルツェ（心）」とロシア語で書かれた手書きの楽譜を大切に持って来ていた。現地で、もしロシア人に会ったら、この歌を知っていますか、と尋ねたかったという。ある懐かしい人が、よく歌っていた歌なのだと。

山本さんは十七歳の少年として島で終戦を迎え、一家はその後侵攻してきたソ連軍の軍医と二年ほど暮らしを共にしたのだった。

訪問を終えて国後へ戻る帰路、皆が寝静まったけだるい午後の船内の食堂で、楽譜を手にした山本さんは、ヒグマ対策で同行していた年若いロシア人ハンターのアンドレイに向かって、択捉の思い出を語り始めた。通訳として同行していた私は、山本さんの語る話を訳しながら、次第に深くその物語に引き込まれていった。
後日、さらに話が聞きたくて山本さんのところへ通った。山本さんは優れた記憶力の持ち主で、当時の暮らしを克明に覚えていた。単なる史実の羅列ではなく、そこで生きた人々の気持ちの記録として、そのままを残しておきたいと思った。

ここで語られるお話は、北の果ての島で戦争の時代を生きた一人の少年のある出会いと別れの物語にすぎない。
けれども、まさにそれが小さな個人の物語であるからこそ、現在の不信と争いの世界の中で、どのような状況の中にあっても目の前にあることに心を開き、まっすぐに向き合うことが、どれほど大きな感応と共感をもたらすかを私たちに教えてくれる。ひたむきな個として、個と向き合うことのもつ大きな潜在力が、閉塞した世界を打破する可能性を示唆してくれる。

人は信じるに足るものだ、という小さな希望のともしびが、そこにはまたたいている。

そんな物語だ。

セルツェ―心　目次

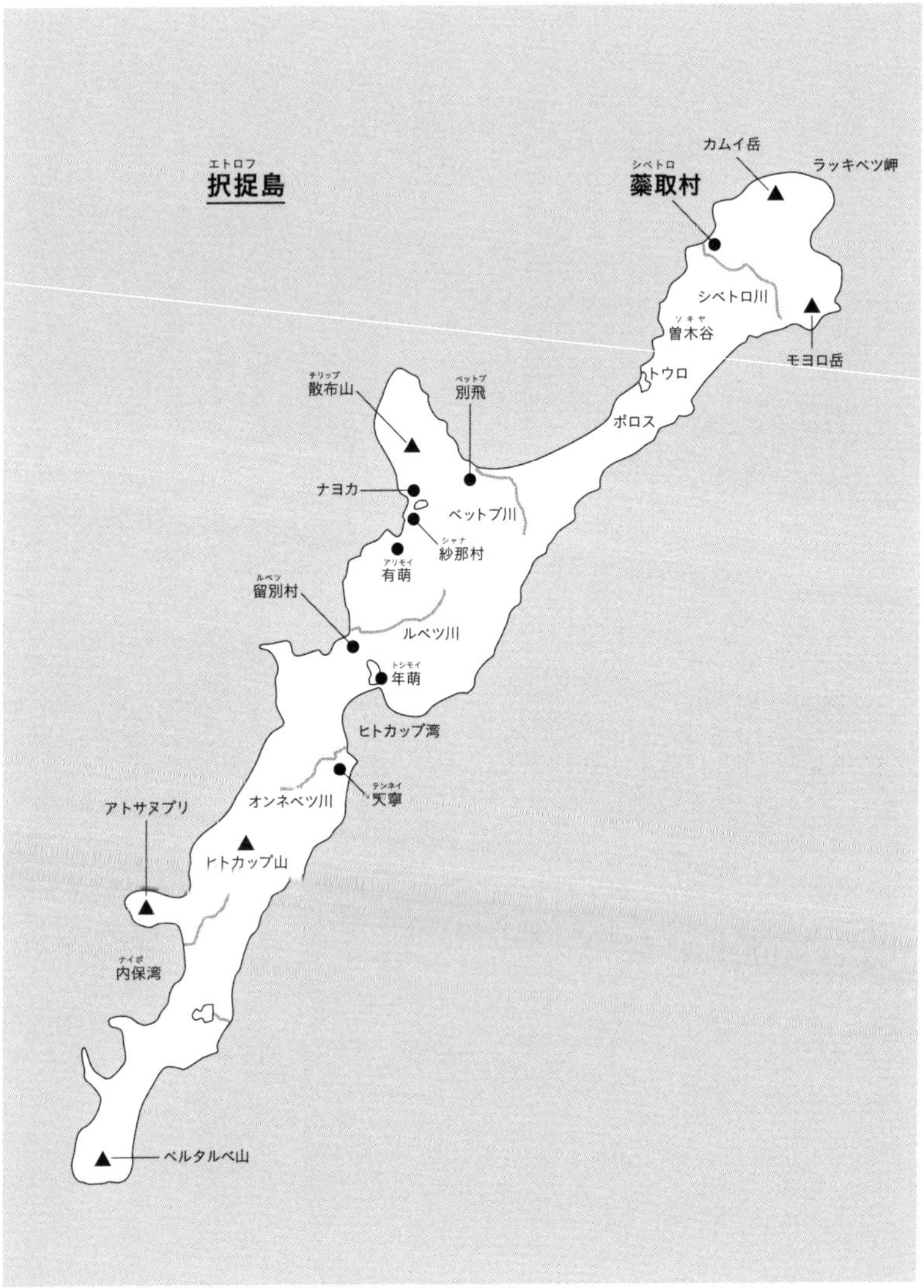
択捉島《エトロフ》
蘂取村《シベトロ》
カムイ岳
ラッキベツ岬
シベトロ川
曾木谷《ソキヤ》
モヨロ岳
トウロ
散布山《チリップ》
別飛《ベットプ》
ポロス
ナヨカ
ベットプ川
紗那村《シャナ》
有萌《アリモイ》
留別村《ルベツ》
ルベツ川
年萌《トシモイ》
ヒトカップ湾
天寧《テンネイ》
オンネベツ川
アトサヌプリ
ヒトカップ山
内保湾《ナイボ》
ベルタルベ山

●択捉島蘂取村市街図〈旧地名・北海道蘂取郡蘂取大字蘂取村（本村）〉

平成19年12月山本昭平作成

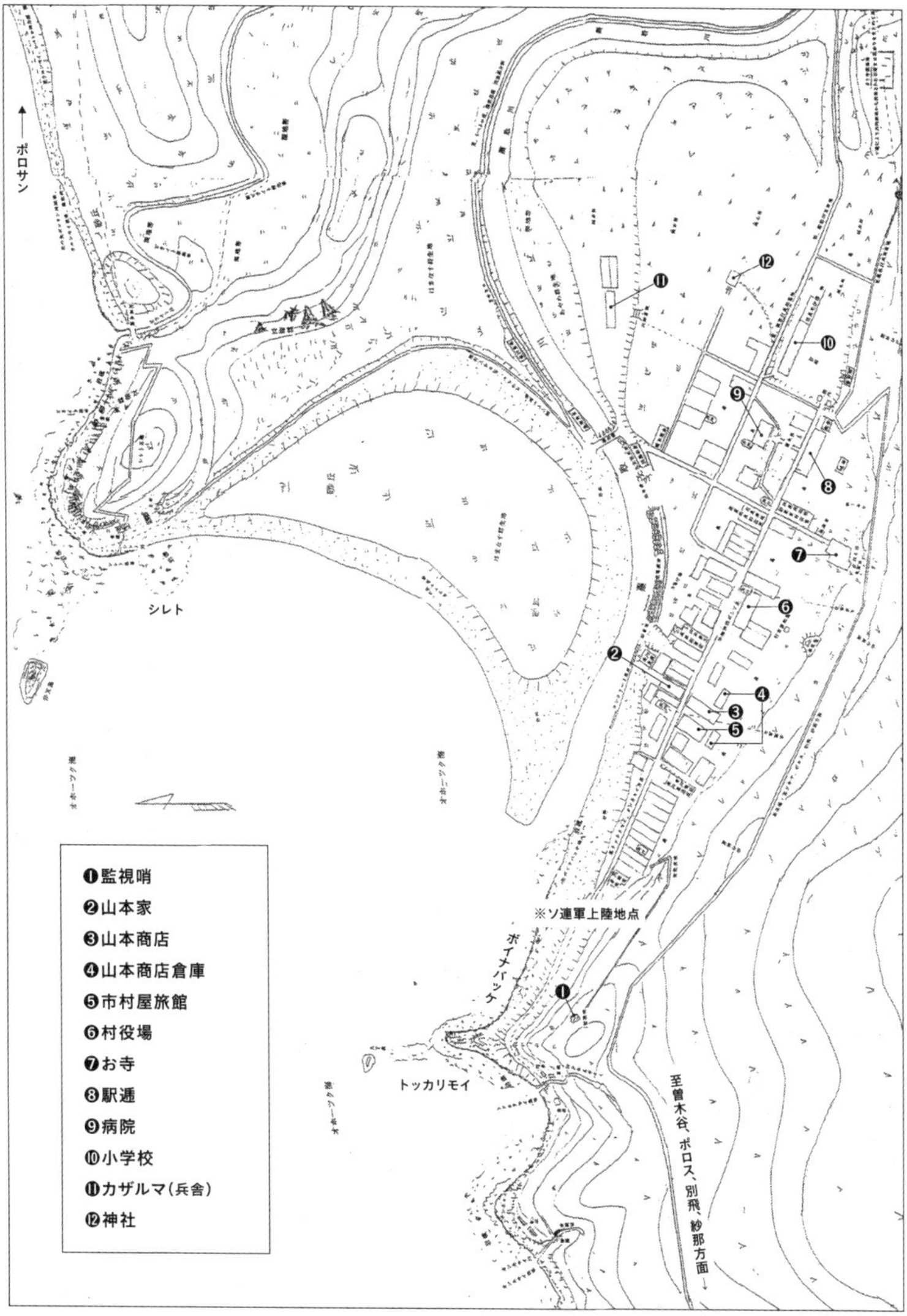

第一章

戦争末期、昭平少年島へ帰る

蘂取村

　蘂取は択捉島の最北部にある当時人口三百人ほどの小さな村でしたが、青森の津軽、南部地方から出稼ぎの人たちが捕鯨場や漁場に三百人ほど来ていました。船頭に率いられて集団で来る人たちもいれば、単身もいる、昔は赤狩りや徴兵を逃れて来た人もいたといいます。故郷の家族を捨て土地の女性と家庭を持って居着いたりなんてこともあったと聞きます。五月の一番船が入る時には、漁期の前に親方や幹部たちが使う料亭や旅館の準備のために人がどっと入って来る。今年は料亭にどんな綺麗どころが来るかと、着飾った女性を見に村中で船着き場に行きました。荷役が始まると、唐丸かごに入った夏みかんやバナナの強烈な色と香りに、こんな大きな実があるのかと驚きました。蘂取は草の実ばかりでしたからね。七月半ばの漁期になると番屋再開を祝って屋号を焼き印した紅白饅頭が配られたり、津軽のわっぱ飴といって樽に入った水あめが出たり。村がにぎやかになるのが子供たちにも嬉しかったものです。

　鮭鱒漁業主は二十数名、ほとんどが根室や函館に本拠地を置く大手でした。地元の人たちはそれぞれ持っていた漁業権を、五社くらいの大きな会社に貸していました。その中で川畑孫市という人だけが生粋の薬取出身で、邸宅は函館にありましたが、初代郵便局長を務め、お寺や神社をつくる際にも尽力するなど、村の発展に大きく貢献しました。函館水産高校に多大な寄付をしたり、まさに立志伝中の人物でした。地元住民の多くが川畑漁業で働いていたと思います。小柄ながらひげだらけの相貌はいかめしく、「ガンケ（頑固者）」とあだ名され、村人から畏敬の目で見られていました。言葉遣いは濁音がなくて外国人みたいでした。私たち子供が川で手ぬぐいで鱒の稚魚をすくって遊んでいると、「鱒の子、トルナー」と一喝されて、「ガンケが来たー」とほうほうの体で逃げ帰ったものです。

薬取は本土との交流が盛んで、市場の大きい函館や東京に直接魚を納めていました。だから島民の眼差しも自然と都市に向いていて、村とは言えなかなかモダンな所でした。中部の紗那（シャナ）村はさらに文化的でしたね。村人は当時から洋装で、うちも決して豊かという訳でもなかったんですが、子供服は三越などから取り寄せていました。言葉は根室、函館訛りの人が多かったけれど、うちでは、特に母はきれいな言葉を使っていました。使用人に対しても言葉遣いを厳しく躾けていました。それはどこへ出ても言葉で恥ずかしい思いをさせないための配慮でした。

　自然は豊かで、夏にはハマナスのバラのような香りが村中に満ち、鳥たちのさえずりは一日中響く。冬は、二、三月に海に流氷が入った後、極寒の「しばれ」があって、月のない真っ暗な夜には、星がぎっしりと空を埋めつくし、まるで月明かりのように煌々と光る。ひょいと手を伸ばせば取れるようでした。そういう自然は、何か畏怖を感じさせるところがありました。子供の頃、例えばスキーを履いて沢の奥へ奥へと向かっても、あるところまで行くと、何とも言えない恐ろしさを感じ一歩も進めなくなる。薬取川に川舟を操って奥の方へさかのぼって行っても、また小船で櫓を漕いで沖に出てもそうです。あるところまで進むとその先へは行けなくなるのです。豊かな自然には、そういう説明のできない怖さがありました。

　たくさんの野鳥が四季ごとに入れ替わり現れるのも、ごく当たり前の風景でした。小学校の上級生の中には、スズメや野鳥を捕まえてポケットに忍ばせて、教室で飛ばせて女の子を驚かせた子もいました。村の人たちもそれぞれ野鳥を捕まえて大切に飼っていました。ボイナバッケ磯の背後の丘陵の先端部に、昭和十二年ごろ軍の監視哨ができたんですが、あの丘一帯は夏になるとカンゾウの花でオレンジ一色に染まっていました。この酸っぱみのある実はジャムにしました。上の方の斜面には苔実（コケモモ）、エスチャレ（イワツツジ）の赤い実や、ヘガッカ（ホロムイイチゴか？）という橙色の小さな実などがびっしりとなって、食べても食べても食べつくすことはありませんでした。放課後一目散にここに登って来ては寝そべったり、斜面にへばりついたり、それぞれが思い思いの格好でいくらでも食べました。

丘を越えるとトッカリモイで、その狭い谷間が沢地になっていて、小川が流れていました。そこだけ風がさえぎられて、子供たちのオアシスでした。三十センチもあるような大きなベゴノシタ（水芭蕉）やアツモリソウが咲き乱れて、小川のそここに小さなひょうたんのような形の水だまりができているんですが、そこにはヤマベなどの魚がたくさんいました。幅七十センチくらいの小川はやがて水かさを増して走水《はしりみず》みたいに山を駆け下りて、下の番屋の脇にザアーっと音を立てて流れ落ち、海へと注いでいました。

川向いの小高い砂浜には、一面ハマナスの実、川の五番地までは野イチゴやフレップ

（クサイチゴ）、奥の墓地には千島桜の甘いサクランボ、オンコ（イチイ）の実など、毎日川泳ぎしながらこの短い夏を思いっきり満喫したものでした。

自由気ままな子供の暮らしでしたが、あまり言うことを聞かないと、母親たちに「檜皮父（ヒカワオド）にくれてやるから！」と叱られて、震え上がったものです。檜皮父は、とにかく子供にとっておっかない存在でした。私は一度、窓ガラス越しにそれらしき人の姿を見たことがあります。思いもよらず小柄で、頭巾のようなものを被って、犬の毛皮にショイッコを背負って、脚絆に地下足袋、ナナカマドの枝で作った杖を持っていました。真っ黒いひげを伸ばし、落ち着きのあるまなざしは威厳すら感じました。おそらく番屋で留守番などをしていて煙草などを買いに村へ出て来ていたのでしょう。ゆっくりとトッカリモイの方へ歩み去って行きました。

秋が深まり、番屋も閉まると、冬の間は、青年団が主催して小学校の講堂で行う演芸大会、その後は卒業式の頃に行われる子供たちの学芸会が大きな楽しみでした。演芸大会には近隣の部落からも人がたくさん見にやってきました。畾や小道具は山本の親戚が贈った本物でしたし、駐在の渡辺さんの演出でやった「源の雷光」なんか、妖怪が蜘蛛の糸をサッと投げかける否や、天井から一斉に白い細いテープがザーッとすだれのように下がったり、玄人顔負けの芝居をやりました。学芸会では、子供たちが一人何役もやって、「月の砂漠」なんていうのは恒例の人気の演目でした。二日もかけて村中で楽しみました。年寄りたちは信心深く、何かと言うとお寺に集まって、持ち寄って何か美味しいものを作って食べたりしていました。私も祖母に連れられてよく行った記憶があります。

私の実家はその藻取村で、祖父の代から雑貨商をしていました。祖父は旧高松藩の士族の出で、雑貨商の前は駅逓をしていたんです。店では米や酒、煙草に衣類から釣竿まで何でも売っていました。五月に一番船が出るまで冬の間も村民に不自由をさせないという祖父の方針で、常にいろいろな物の在庫をどっさり抱えていました。あらゆる種類の足袋や縫い針、フラシ天から絹に至る布地、雪下駄までありました。在庫を抱えて店はいつも火の車でした。祖父はまた、出入りの漁業者に小さな魚場を任せていましたが、調子のいい口車に乗せられていつも損ばかりしている、とは祖母の話でした。

うちの店に掲げたような大きな看板は、紗那にだってありませんでした。

両親

父は七人兄弟の末っ子で、根室商業学校を卒業、神戸の親戚の海産物商や東京のデパートに勤めたりした後、島に戻りました。私が物心ついた時には紗那営林区署に勤務していました。札幌への転勤を目前に山本家の長男が亡くなり、急遽蘂取の家督を継ぐことになったんです。昭和九年、私が数えで七歳の時に、妹二人と親子五人で紗那から蘂取へ移りました。

父は油絵が上手く、写真の技術は玄人はだしでした。本棚にはアルス社の写真専門書があって、独学で勉強したのだと思います。紗那でも父のような写真機を持っている人はなく、公式の場での写真や、村人の様子なども、全部父が撮っていました。昭和六年に、リンドバーグ夫妻が紗那沼に着陸した時にとった記念写真も父が撮影しています。

私は父の後について行った記憶があります。ラジオにも興味をもち、高い木柱を二本立てアンテナを張って聞いていました。薬取の店を継いで間もなくポロサンに捕鯨場が開設されたりして一層多忙になり、好きな油絵や写真に向ける時間はなかったと思います。

母は秋田の出身ですが、幼くして両親が死に、年の離れた実兄が苫小牧で勤めていたので、苫小牧高等女学校を卒業し、その後兄の転勤で新潟県や富山県などで暮らしました。たまたま知り合いの紗那の医者の奥さんに招かれて逗留中に父と縁があって結婚、昭和三年に蘂取で私が生まれたのです。

母は声が良くて、女学校で習った賛美歌やフォスター、中山晋平の歌をいつも口ずさんでいました。蘂取ではこんな歌を歌う女性は一人もおらず、なぜ母さんだけ?といつも不思議でした。母は泳ぎも得意で、新潟では親不知海岸であわび採りをしたり、かなりのおてんば娘だったそうです。山本家には複雑な事情もあり、蘂取に来てから母は歌で感情を抑えていたのでしょうね。

ひとり旭川へ

私は小学五年生の春、祖父の意向で進学準備のため旭川の小学校に転校し、父方の伯母宅に下宿しました。父が大切に飼っていたウソを竹かごに入れて風呂敷をかけて、持って行きました。伯母の家は電車や車の音がやかましい場所にありましたが、この蘂取のウソは大きな美しい声で自在にさえずり、通りすがりの人から、「ウソがこんなに啼くなんて」、と譲ってくれと言われたこともあります。この声がどんなに私のホームシックを慰めてくれたことでしょう。学校ではなぜだか「生意気だ」なんて言われて、上級生からよく呼び出されて殴られました。当時としてはよくあることで特段大したことではなかった。勉強よりも、なんだか映画ばかり見ていたような気がします。

旭川で伯母にアイヌコタン（集落）に連れて行かれて、アイヌという人たちについて初めて知ったんです。故郷の知り合いの人たちに似ていて、びっくりしました。服装は古めかしい感じを受けましたが、それでも島のヤンシュ（若衆、漁師）たちが仕事の時に着ているものや、銛などの道具にも共通しているものがあることがすぐに分かりました。伯母は、自分の子供の頃は口元に入れ墨を入れた女の人がたくさんいたものだけど、今はいないの？　と言っていました。そして、昭平はあちこちでおしゃべりするから、この子の口からアイヌなんて言葉が出たら村中ひっくり返るから、絶対教えないでおこう、と母も祖父も私に教えなかったのだと言いました。当時はアイヌの人たちに対する大変な差別があったので、村ではこのことは言ってはならないことだったのです。ただ今弟妹に聞くと、「知ってたよ」と言っていますがね。藻取にはもともとアイヌの人たちがたくさん暮らしていました。漁業者は家族で来ている場合もありましたが、一人者の漁師も稼ぎに来て、土地のアイヌの美しい娘たちと結婚して残るケースがかなりあったのです。

私は旧制中学校に進学、その後事情があって伯母宅を出て、同じ親戚の林製靴店という家から通学しておりました。両家とも敬虔なカトリック信者でした。

林家は大家族で、住込みの製靴職人と私を入れて十七人の大所帯でした。旭川には陸軍第七師団があり、軍都と言われていました。一般向けの革靴の原料が戦時統制で手に入らなくなり、主に将校用の革長靴を偕行社を通じて軍におさめていました。林の靴は履き良いと評判で商売が繁盛しましたので、同業者のやっかみにあい、当主が憲兵隊の取り調べを受けたことがありました。林の兄弟と一緒に憲兵司令部まで粗末な弁当を届けに夜道を歩いて行ったものでした。

当時、学校の友達の話で、ドイツのゲシュタポ、ソ連のゲーペーウーが容赦ないと聞いていました。日本の特高（特別高等警察）や憲兵もすごいぞ、憲兵は特高よりすごいらしいぞ、とも。憲兵は民間人でも怪しいと判断すれば容赦なく捕まえていたのです。昭和二十年四月頃には、旭川八条通りにあった三島履物店の玄関にいつの間にか憲兵が椅子に腰掛け、踏ん反りかえって通りを睨みつけていたものでした。

私たちは軍国主義の教育を受け、天皇のために死ぬことを教えられてきて、自由主義とか思想的なことは何も知りませんでした。ただ、「誰々の兄貴が引っ張られたらしい」、などという大人たちの噂話から、ちょっとした物の言い方で、「赤」といわれて特高に狙われるという話は知っていました。夏休みで薬取へ帰省した時など、市村屋旅館の父方の義理の伯母には「広っぱ（都会）さ行っても決してアカにはなるな」と諭すように言われたものです。伯母は私が都会で教育を受けるうちに社会主義思想にかぶれ、揚げ句の果てに小林多喜二のように叩き殺されでもしたら一大事、と心配したのでしょう。伯母に限らず当時の大人たちは小林多喜二のことを知っていて、軍国主義の恐怖政治下、壁に耳あり、みんな口を閉ざしていたと思われます。戦時中はひたすらお国のためにでしたから、反戦など言うに及ばず、世の中の仕組みや矛盾などについて考える余裕などありませんでした。

進学準備で上京、大空襲後の東京を見る

薬取村の村医佐藤先生は私に、「辺鄙《へんぴ》な薬取に来る医者はなかなか見つからない、勉強して医者になって欲しい」と言ってくれていましたが、私は文科系大学を受験しようと昭和二十年三月、同級の自転車屋の息子早勢（はやせ）君と一緒に上京しました。

初めての青函連絡船で青森駅に到着、米を入れた重いリュックを背に、長いプラットホームを走り、汽車に乗り込みました。車内はすでに超満員、網棚に横になっている人までいる。我々はリュックを背負って斜めになったまま身動きもできない状態でした。

途中駅で窓から荷物を車内に放り投げ、体を捻じ込んで来る男までいて、北海道にはこんな人はいなかったのであきれたものです。

旭川駅では大宮までの切符しか販売せず、その後は省線で行けといわれ、翌朝やっと大宮に到着、いったん下車して、すきっ腹を抱えたまま池袋駅にたどりつきました。立教通りを尋ねたずねてやっと早勢君の親戚の家にたどりつき、ご飯をごちそうになりました。

一息つくと、そこのご主人が、私の宿泊先、浅草橋駅近くのカトリック教会へ連れて行ってくれることになりました。遠縁の堀江夫婦が神父さんのお世話をしていたんです。出かける前に、「あの辺りは三月十日の大空襲で恐らく丸焼けになっているはず、その覚悟でついて来なさい」と言われました。

池袋駅から山手線で秋葉原へ。ここで乗換え、駅舎も鉄骨しか残っていない三階中央線ホームに上がりました。そこから見た光景は、凄まじいものでした。高架と線路だけがくねくねと、新宿、東京方面まで延々と続き、見渡す限りの焼け野原になっているのです。浅草橋で下車すると、ここもすべてが焼け野原になっていました。

ところが向柳原町のカトリック教会までたどり着いてみると、その周囲だけが焼け残っていたのです。ご主人は驚きの声をあげました。「奇跡だ」

教会の周辺に犠牲者の遺体はありませんでした。ただ遥か彼方まで、にょきにょきと焼け残った風呂屋の煙突だけが突き出しているのが見渡せて、あちらこちらにコンクリートの台座の上に大小様々な真っ黒焦げになった金庫だけが立っている。教会の脇に洋傘工場があったそうですが、傘の骨だけがうずたかく焼け残っていて、実に奇妙な光景でした。金物はすべて軍に供出したはずなのにと、不思議に思いました。

翌日、堀江さんは、「戦争とはこういうものだということを、君は見て帰りなさい」と言って、足が悪いのに都心を案内してくれました。浅草橋駅を出て秋葉原で山手線に乗換え東京駅で下車、ここも油煙でくすんでいる。皇居を見てお堀端を日比谷まで歩き、帝劇、日劇、三井三信ビル、日比谷映画劇場。東銀座から地下鉄で日本橋へ。そこではまず日銀、三井銀行、三越本店などに行きました。どこを見渡しても人っ子一人いない。三井銀行は中に入って見せてもらいました。三越は吹き抜けを利用してパラシュート工場になっているとのことで、閉まっていました。

池袋のご主人や堀江さんの言葉を聞いて覚悟ができていたおかげで、焼け野原にショックを受けたというより、空襲のすさまじさを目の当たりにして、「こうなるのだ」と冷静に判断できました。

東京は空襲、極度の食料不足など、困難なことばかりでした。一方、アメリカは南方で飛び石伝いに島を攻撃しながら日本本土を攻略する作戦をとっていて、すでに沖縄に迫っている。次は千島、択捉だ。蘂取の家も危ない。いったん帰って時節を待とう、と決めました。

当時島は防衛の第一線として、蘂取には監視哨が置かれ、青年団員がその任に当たっていました。ここを隠れ蓑として受験勉強をしていれば早期徴用はないだろう、などと、戦時少年にあるまじき自己中心的な考えを持っていました。当時は子供でも、みんな戦争に行って国を守るつもりでした。けれど、戦って死ぬとはどのように死ぬのだろう、と、みんなそのことは深くは考えたくなかった、自分は死なないと思っていました。

その四ヶ月後、よもやの根室空襲に遭い、我が身に危機が迫ったその瞬間、中学の軍事教練、海で育っていて知っていた船が沈没した時の逃げ方など、様々な経験や知識がぱっと蘇りました。若かったせいもあるのでしょうか、頭が冴えて行動できました。「俺は一体誰なんだ？」先祖の誰かが乗り移ったような、自分ではないような気がしました。

島へ帰る準備

さて、私は中学を三月に卒業、進学を諦め島に帰る準備をしました。しかし、進学も就職もしない卒業生は六月末まで勤労動員にかり出され、二、三人の同級生と共に、日通旭川の駅前倉庫で、南方前線送りの軍馬飼料（燕麦）の俵掛けを毎日やらされました。作業はなれるにつれて手早くなるのが嬉しかったものですが、腹が空いてたまりませんでした。

この体験が二年後、島から強制送還され家族九人が樺太の収容所の荷物検査を通る時生きました。九個の荷物の開梱、再梱包、「ダワイ　スカレイ（早くしろ）」と急き立てられても素早く作業ができたのです。何がいつ役に立つか人生全く分からないものです。

六月末で作業も終わり、なにがしかの報酬を手にし、自分の荷造りをしたりして心は蘂取へ飛んでいました。根室での定宿、弥生町のカクセ旅館の人々を思ったり、うきうきした気分でした。小学校三年生の時に祖父に連れられて初めて訪れた根室は、大きな金看板をかけた店が軒を連ね、きれいな港の石畳と赤いレンガの倉庫、カフェや映画館もあって、いつも早朝から漁に出るたくさんの発動機船の音と、なぜか干しホタテの匂いが満ちた活気あふれる町でした。私が中学校一年生くらいまでは、何とかその様子を保っていたものです。

一方、戦争の激化は林製靴店にも大問題を突きつけてきました。空襲に備えて家を破壊して道幅を広くし、防火線を作る計画の対象になってしまったのです。

根室へ

七月九日突然父が旭川に立ち寄り、七月十三日の朝、少し体調を崩していた高等女学校二年生の妹の徳江を伴って三人で根室に向かいました。暑い旭川を朝六時発の一番列車に乗って、夜八時頃寒くて身震いする根室につきました。

当時蘂取からは佐藤村医、小野田助役、そして村会議長だった父が、根室支庁や道本庁に陳情のため出て来ていました。島は十二月から翌年四月に流氷が去るまで海上交通が途絶えます。目の前に迫った冬を越すための米を確保しなければなりません。当時はすべてが国家統制され配給制が敷かれて、離島にとっては非常に厳しい状況でした。

けれども当時、島自体はというと、昭和十八年に留別(ルベツ)沖で浮上したアメリカの潜水艦に艦砲射撃を受け、貨物船の日章丸が沈没した事件があったのみで、島民には本土のような緊張感はなかったと思います。しかし沖縄が三ヶ月で玉砕したと聞いて、次は千島に来るだろう、おそらくアメリカはアリューシャン列島を経て占守島、否、直接択捉島を攻撃、上陸して来る可能性もある、という見方が誰の頭にもあった。すでに制海権、制空権はアメリカに握られている。択捉に助けは来ず籠城しなくてはならないだろう、それに備えて食料や医薬品を当局に確保してもらわねば、と三名は根室―札幌間を往復し、やっと任務を遂行して島に帰るところでした。

根室での宿泊は根室埠頭近くの、ある水産会社の事務所兼寮で、ここでかつて蘂取にいた私もよく知る三浦さん夫婦が賄いをしていたんです。

戦時中で何かと不自由な時代、助役さんが気楽に泊まれるここを定宿にしていたのかもしれない。私はカクセ旅館に行くとばかり思っていましたが、父が駅から別の道をたどり始めましたので、表通りの港町らしい喧噪も聞こえて来ない、外灯も疎らな暗闇の中を、どこまで?という気持ちでついていきました。

七月十四日根室空襲

翌朝十四日朝六時、突然空襲警報が出て、頭上を飛行機が飛び去りました。宿の近くに兵站部があったらしく「友軍機だ」と叫ぶ声がした。直後港の方から生木を割くようなバリバリバリッ、という聞いたこともない不気味な音が天空から響いてきた。空襲だ、機銃掃射だ。宿のおばちゃんに「防空壕は?」と尋ね、皆を誘導して通りの脇の壕に入ろうとしたが中は水溜まり、とっさに引き返して二階へ上がり、皆で布団をかぶって息を殺していました。上空を何度か飛行機が通過する。ドーン。壁を大きなハンマーで叩かれたような音。家が揺さぶられる。生きた心地がしませんでした。早く行ってくれ、と祈るのみでした。自分の臆病に情けなくなりました。十五分ほどで敵機が去り、みんなの無事を確かめあい、先ほど音のした壁を見て驚きました。モルタルの壁に差し渡し十五、六センチのダルマ型の穴が開いていて、その延長線上の押入れの毛布の中に、熱気も生々しい機関砲の薬莢が潰れて入っていました。米軍機の火力の凄まじさにひどく驚きました。

皆で相談し、朝のうちに急いで乗船切符を求めて波止場へ行ったところ、幸運にも浦河丸が今晩出るという。これは択捉漁業がチャーターしていた四百トンくらいの漁業運搬専用船で、軍の徴用船でもあったようです。

早朝にわかの空襲で大小の機帆船などは皆弁天島の沖へ避難し、港内はがらんとしていました。

その日の晩に浦河丸に乗り込みました。本当は夜中に出るはずでしたが、海運局の許可が出ないため出港できなかったのだ、と翌朝の洗面の時に大人たちの話で知りました。私たちは知る由もありませんでしたが、その時すでに釧路沖の洋上には、アメリカの大型空母三隻、軽空母二隻を中心とした大機動部隊が北海道への出撃を控えて待機していたと言われています。

七月十五日根室大空襲、浦河丸撃沈

翌十五日早朝、艫《とも》のデッキで顔を洗い船室に戻りかけた時のことです。花咲のほうから突然プロペラ音と共に飛行機六機が現れ、町の上空をかすめ、浦河丸の十一時方向に停泊していた貨物船にまっすぐ襲いかかりました。機首を下げ、超低空で数百メートル前から弾幕を張りながら本船に接近してくる。一瞬ロケット弾が命中したのか船が煙につつまれた。一機ずつ貨物船を攻撃し、終えるとその足で浦河丸に攻撃をかけてきた。急いで船室に逃げ込む。父と妹に声を掛ける、大丈夫、の声。生木を裂くバリバリッ、という音がこだまし、船体に命中した弾丸は何百もの鐘をたたくように耳をつんざき、ロケット弾を発射するシュッ、という音とともに、どかーん、と船がゆすぶられる。部屋には遮蔽《しゃへい》物がなく、少しでも弾除けにならばと床の畳を剥がして被っていました。敵機は恐らく貨物船と本船を射程に入れて、連続して集中攻撃をかけていたのです。最初の攻撃で一発のロケット弾が操舵室近辺に命中、船長は落命し、船は操縦不能になってしまいました。目の前に弁天島があるのに陸へ乗り上げることもせず、敵機の波状攻撃を受け続けました。

二発目のロケット弾が、私と妹も含めて十三人が乗っていた艫のデッキ上の船室に命中、爆発し、私と妹以外ほとんど全員が死亡しました。ロケット弾の命中した位置は船室の左舷側入り口で、ちょうど私の体をかすめて二メートルくらいのところで炸裂しました。私の右隣にいた函館工業二年生だという赤川さんは左手に三メートルほど吹き飛ばされ、右腿を切断、私の左隣の助役は眉間の右を手で押さえたまま意識がないのです。父も呼びかけに応えず、所在すら分かりません。

ロケット弾が爆発した瞬間、頭が破裂したようになり、意識が遠のきそうになりました。硝煙が満ちる中、われに返って自分が生きていることがわかって、父を探したがみつからない。妹がいたほうの壁は血まみれになって崩れずに残っていた。そこで妹がむくむくと起き上がったんです。「大丈夫か」というと「大丈夫」と言う。その傍らに茫然自失した母子がいたのみで、辺りはシーンと静まり返っていました。父はどこへ行ったかわからないままでした。船は弁天島に乗り上げることもなく、二、三機から交代に攻撃を受け続け、私たちはその波状攻撃の合間の一、二分間だけ動けるのでした。医師の佐藤さんは生き残っていました。「早く君たちを逃がさねば」と言う彼に逆らって、人事不省の小野田助役を脇に寄せようと言い張って、二人でデッキに出しました。浦河丸はすぐに弁天島へ乗り上げるだろうと考え、懐中時計がポケットから出ていたのを、小野田さんのおばさんへの形見に、と思ってきちんとしまいなおしておきました。時計は無事に家族の手に渡ったと数年後聞きました。空襲後に根室の役所の知人が遺体安置所でちょっと背の曲がった小野田さんをすぐ見つけたそうです。グラマンの一発のロケット弾と機銃掃射で瞬時に十一人が殺されたのでした。

この悲惨な状態を目にした途端、体の底から全身に血がさかのぼるような怒りがこみ上げて来ました。無防備な我々をよくも、卑怯者め、という無差別攻撃に対する激しい怒りでした。機銃が欲しかった、銃でもいい、この手に一丁の銃があったら、機首を下げて攻撃してきた米軍機を撃ち落せるのにと、激しい憎悪と復讐心が湧いてきました。

私と妹は船首の船倉に避難しましたが、目の前で三発目のロケット弾が喫水線に命中、海水が滝のように入りこみ始めました。「浦河丸が沈む」と私は海に飛び込んで泳ぎだした。妹とはデッキの上ではぐれてしまいました。浦河丸は十分もしないうちに沈没してしまいました。

米軍機の攻撃は続きました。何十隻という小さな船が点在しているのにむけて、機銃掃射してくるのです。機関砲には曳光弾が混じっていて弾道が一目で分かる。海面には船から避難した人があちこちに集団になって泳いでいた。広い海に投げ出されると心理的にとても寂しくなるので、一人でも仲間がいるところに集まろうとするんです。

海面に出ている浦河丸のマストにはすでに二、三十人もが取りすがっていたが、自分は妹がいないか、とその周りをぐるぐる泳いだ。するとみんなが、「来るな」と叫ぶんです。つかまるところがないから、お前は来るんじゃない、と。「くそっ」と反発を感じましたが、いくら妹を探しても見つからず、「自分は生きなくては、生きて村にこのことを伝えなくては。妹は泳げる、絶対生きている」と考えました。他の船に退避しようと思ったが、機銃掃射は二、三機で絶え間なく撃ってくる。これだけ多くの数だ、どこかに攻撃から外れている船がないか、四方を見ながら泳いでいたが、一艘だけグラマン機の盲点に入っているのか、ひっそりした船を見つけ、それに向けて泳いだ。すると自分の後に大きな板につかまった浦河丸の船員が二名ついてきた。私はゲートルを巻いていて、その上に靴下をしっかりはいていたので米袋を引いているような重さになっており、服も着ていたので大変でした。左足は幾分軽いんですが、これは爆発した弾片が跳ね返ってふくらはぎに当たり、ゲートルが切れて昆布のようにひきずっていたのです。左足の蹴りを妨害し、泳ぎを苦しくしていました。妹のことが絶えず気になりました。「絶対に死んではいない。妹と一緒に母にこの事実を報告する」

やっとその船が艫に繋いでいる伝馬船まで泳ぎ着くと、本船の上からぬーっと顔がのぞきこみ、押し殺した声で、がんばれ、と一言。伝馬船から木船に乗り移るには縄梯子を上らなくてはならないのですが、疲労で雑巾のようにべったりと伝馬船の床に張り付くばかりで、腕が利かないのです。やっと縄梯子にたどりつき気力を振り絞って上りました。船員二名も続きました。船は陸軍の暁部隊の機帆船でした。ストーブの周りで服を脱ぎ、体を乾かしていて、初めて左足に怪我を負っていて骨が見えているのに気づきました。数分後六機は撤収していきました。空襲が終わり陸からランチが負傷者を探しに来たというので、再び濡れた下着と服をまとい、船からもらった藁草履を履き、救援ランチで波止場まで連れて行ってもらいました。

波止場に上陸、再び空襲

その時には午前八時ごろになっていました。ところが波止場の石畳を歩きかけたとき、根室駅の方角から爆音と同時に二十六、七機の爆撃機編隊が飛んできました。左足を引きずりながら郵便局本局の前まで駆け上がると、鉄かぶとに銃剣を構えた兵士が立っていたので、防空壕は?と聞いて直ぐ傍の壕に飛び込みました。壕の中はすでにいっぱいで、戸口に近い場所に腰をかけて敵機の過ぎ去るのを待っていました。大空襲になりました。間もなく爆弾音が次第に接近してきて、地面から持ち上げられるような衝撃、空気孔から入ってくる爆風に煽られて、私の帽子がフワーっと浮くのです。ああ、壕にならんか入らねば良かった、折角助かった命なのに、と悔やみました。

やがて出ても良いと言われ壕から出た時には、一面火の海になっていました。憲兵が立っていたのでどこへ待避したらいいかと聞くと、金毘羅さんへ行け、と言う。途中通過する鳴海町のあたりは数千発の小銃弾の弾ける音がして、通り抜けるときは生きた心地がしませんでした。

金毘羅さんには被災者があふれていました。二人の船員も私の後についてきました。私は内心、浦河丸には百数十人の択捉島行きの季節出稼ぎ労務者が乗船していたのに、雷撃や空襲に対する訓練を何一つしていなかったのではないか、という疑いを抱いており、これにはすごく抵抗感がありました。体の小刻みの震えは止みません。坂を上ってやっと神社の境内にでました。大勢の避難者がひしめいていました。

境内から湾内が一望でき、弁天島の沖に浦河丸のマストが一本海面から突き出ているのがみえました。それをじっと見つめながら、「ああ、おれに船があったら、せめて父たち三人の亡骸をもって来られるのに」、と悔しくてならない。今朝から起きたことが信じられない思いでした。ふと、三月に上京した時目にした空襲の焼け跡を思い出しました。戦争とは、こういうものだ、これが戦争なんだ。涙が止まりませんでした。

午後に偵察のためか二機のグラマン機が飛来、交互に焼夷弾を落としていきました。金毘羅さんの崖下の重油タンクがものすごい勢いで燃え上がり、瞬く間に無数のドラム缶にも類焼した。一気に過熱されて火だるまになったドラム缶は、お手玉のようにぽんぽん上空に舞い上がりました。燃え上がる重油タンクが吹き上げる熱気で体を温めようとしましたが、海水を含んだ衣服は乾くことがないのです。

この二機が来た時、神社の後ろの原野で、濡れたものを全部脱いで素っ裸になって乾かしていたんです。二人の船員も私にならうのです。この草むらで素っ裸の我々をどうして見つけたのか、二機が並行して我々に機銃掃射を始めたのです。放牧馬が驚いて逃げるのを、遊び半分に撃つのですが、馬は我々の後について逃げるので大変でした。敵機の機首の向きを見て九十度方向に逃げるんですが、二機が並行して来るので必死でした。

夜はここで一晩過ごしました。憲兵が鋭い目で辺りを見回していました。とっさに憲兵に浦河丸のことを話し、妹を探してほしいと頼みました。彼は快く「よし、俺が探しだして連れてくる、待っておれ」と力強く言って去って行きました。

社殿と客殿は立錐の余地もなく、仕方なく縁の下に入り、体を横にしました。その日の朝からの出来事が果てしなく私の脳裏で繰り返されました。父はどのような状態で命を落としたのか、あの時、赤川さんの次に私が腕に抱きあげたのは、変わり果てた父を見誤ったのではなかったか、助けられたのではなかろうか。崩れ落ちた船室からデッキに移した小野田さんの姿、船が沈没する瞬間逆立ちになり、瓦礫となった二等船室が白煙を上げて滑り落ちる光景。遺体はどこへ流れて行っただろうか。船の舳先へ逃げた佐藤医師の最後は……。でもひょっとしてどこか救護所で、三人が仮死状態で見つからないだろうか。涙がとめどなく流れました。『これが戦争だ』と自分に言い聞かせました。そして父に誓いました、『父さん、僕はここで泣けるだけ泣きます。今日の出来事を母さんに報告する時は決して涙をみせません』

寒さに耐えられず、縁の下から這い出ては重油タンクから吹き上げる炎で体を温めるのですが、体の震えは収まりませんでした。あれから十時間しか経っていないのに、ものすごく長い時間でした。

七月十六日、十七日

二日目の朝、やっと炊き出しのおにぎりが配られ、ありがたいと思いました。被災者であふれている境内に「山本はおるか。山本昭平はおるか」とあの憲兵の声、「妹の所在が分かったぞ。明日連れてくる。良かったな」。その後この憲兵の姿は見かけなくなりました。

この言葉を聞いて行動を起こしました。まず焼け跡の街へ出かけました。わらじ履きで左の足を引きずりながら、鳴海町の辺りに出かけました。消息を書いたものは何も無く、諦めました。しかし何としても島行きの便船に乗るまでは根室で待たねばならぬと決心し、十四日に父に同行してお目にかかった常盤町の高橋さん宅を思い出し、そこを訪ねました。被害を免れた家はありましたが、もぬけの殻でした。ところが夕闇漂う駅前の大通りを西へ歩いていると、赤ちゃんを背負った高橋さんのお姉さんとばったり巡りあったのです。お姉さんは私を覚えておられました。

あまりにもできすぎた偶然でした。神は我を見捨てず、と思いました。妹と合流してからは妹と二人、その家でお世話になりながら船を待ち、ようやく島に戻ったのでした。行き倒れてはいけない、母と村に父と村医、助役三人が亡くなったことを伝えなくては、という思いがあって、全くの見ず知らず同様の人に助けを求めたのです。

二人の船員は故郷に帰ると言って、いつの間にか姿を消していました。

七月十八日

三日目に妹は憲兵ではなく海軍の将校に伴われて来ました。身につけている衣類も変わり、真っ黒に重油で汚れていました。

高橋家には十八日からお世話になりました。私の左足は樽のように腫れ上がり、傷口はふさがらず化膿して良くなりません。膝の関節も肉がつきません。しかし妹も無事で一緒に母の元に戻れることが、何よりも嬉しかった。私は父や医師、助役が負傷者として保護されてはいまいか、と各所の救護所を訪ねたり、遺体が流れついていないか、と海岸を探したり、草履姿で足を引きずり捜し歩きました。根室警察署に浦河丸の我々五人の被災届けを出し、海上犠牲者の収容有無、三人の不明者の消息、捜索について聞きましたが、全く分からぬとの返答しか得られませんでした。思った通り憲兵ほどは権力がないことを見せつけられました。

こうして択捉行きの便船を一日千秋の思いで待っていました。旭川の林家に状況報告の葉書を出し、妹と私の衣類と靴を送ってもらい助かりました。その話を聞いた北海道に出張中であった神戸の久保伯父が心配して根室に駆けつけてくれて、耕雲寺で三人の供養をしてくれ、お金もいただきました。バターや卵、肉など入手困難な食料も置いて行ってくれました。高橋さんはじめ、このようにたくさんの人たちにお世話になったのです。

ふるさとへ帰る

八月二日夕刻、待ちに待った根室—紗那間の定期船金栄丸（五十トン）が出帆します。択捉島行きの便船は、金栄丸の後は見通しが立たないとの情報があり、私は紗那まで行けば何とかなると考えて、これに乗ることにしました。

三日朝早く留別に入り、紗那には昼前につきました。金栄丸の船長が近くを通りかかった船に声を掛けてくれ、船は、「軍用船だがトウロまで行く。命の保証はしないがそれでよければ乗せて行く」と言ってくれました。そこでトウロまで乗せてもらい、トウロの駅逓（孵化場）へ行き、一久（いちきゅう・山本の屋号）の息子を名乗って宿をお願いし、電話をかけてもらって、翌日薬取から金川運送のはしけで迎えに来てもらいました。桟橋に下から二番目の妹が上の妹と迎えに出ていて、私と徳江を見て泣いていました。本当なら見送った父が戻るはずだったのに、めったに会わない兄と姉だけだったので、悲しかったのでしょう。

家に戻り、まず母と祖母、皆を前に一部始終を報告しました。母は静かに聴いていましたが、悲しさを顔に出すことはしませんでした。祖母は、代われるものなら自分が、と言って絶句しました。根室が空襲に遭っている頃、薬取の家でも不思議なことが起きていたそうです。鶏が急に騒ぎ出し、犬にでも殺られたのか、二羽が死んでしまった。きちんと並んで頭をそろえて、死んでいたというのです。私はその時に父が亡くなったのではないか、と思いました。弟妹たちは元気に家を出た父の突然の死と、入れ代わって家にはいないはずの私と妹が現れたことで状況が理解できなかったのではないかと思います。

余談ですが、これ以降、本土に引き揚げるまでの二年間、私の目に入ってくるものはすべてグレーでした。色がなかったのを、その時には意識せずに暮らしていました。今、墓参や自由訪問で現地を訪れて初めて、ああ、ここはあんな色だったんだ、などと、かえって今、思い出しているのです。きっと、鬱だったんでしょうね、父があんな非業の死を遂げているから。そして、ソ連軍やロシア人たちと共存している間の緊張、心の中は晴れることがありませんでした。色のない世界に暮らしていたのです。

第二章

敗戦とソ連軍進駐

敗戦

私たち兄妹が薬取に帰り着いてから一週間で終戦となったんですが、終戦は隣の大越幸治郵便局員が知らせてくれました。情報が早いのは軍で、当時ポロサンという元鮎川捕鯨場跡に駐屯していた薬取の森田部隊は、いつの間にか消えていました。大越さんの話でも、戦争は負けたらしいということでした。

トウロに駐屯していた旅団が武装解除を行った後、兵士を現地除隊させたそうで、その内の百二十人ほどの人たちが薬取村に入ってきた。彼らは本土を出港する時、「玉砕しろ」、と言われてトウロに駐屯したと言われています。北陸や宮城県出身の人たちだったと思います。薬取から便船で本土に渡るつもりで集団で来たものの、すでに定期航路は途絶状態となっていて、村に逗留せざるを得なくなってのことでした。その中には本間さんという僧籍を持つ人がいて、村でお願いし、終戦間際に住職が去って不在だった瑞泉寺の住職になっていただきました。その後第一次強制送還で佐渡へ戻られたということです。

この人たちが村に入るにあたって、村長は事前にトウロ旅団に掛け合い、軍が備蓄していた米・乾燥醤油、乾燥味噌などの食料品を無償で村民に分けてもらうことに決め、人頭割りとして支給してくれたので非常に助かりました。十人の大家族だった私の家は約五百キロの米をもらったが、母は、この先が見えないのでこれを大切にして長持ちさせようと、お粥にしたり、何かをまぜこんで炊いたりして持たせました。カビが生えたりしましたが、昭和二十二年十月の引き揚げの時まで持ちました。

酒の配給もなかったから、村人のなかには、どぶろくを造って食いつぶしてしまった人たちもいました。越冬を目前に村人にとって米の確保は最重要問題でした。

占領軍が来たら

突然敗戦の報、しかも本国から離島に対して、終戦だからお前たちこの先どうしろという指示もない。こちらは戦時中本土防衛の最後の砦と理解して決死の覚悟で頑張っていたのに、あれだけ大和魂だなんだとすべてにうるさいことを言っていた政府が、負けたら何の通告もなく、何もしてくれなかった。何だ、このざまは、と、自分のなかには当時、怒りや悔しさがありましたね。それと同時に、負けるとはこういうことなのだ、と痛感しました。

我が家では終戦前、アメリカは必ずアリューシャンを通って攻めてくる。鬼畜米英だから皆ひどい目にあうだろう、どうやって逃げようか、と母と相談していました。うちは子供家族で、十七歳の私を頭に、二つ違いずつで妹が六人、弟が一人の八人兄弟、一番小さな妹は三つです。母は、弟妹を連れ、自分はお爺さんの残した日本刀を持っておばあさんを背負っていく。「あのシレトの丘の上に逃げよう。ただ熊がいるからねえ」などと覚悟のほども話し合っていました。いよいよとなったら、この短刀で子供たちを刺すか、そんなことできないよねえ、などと話し合っていたのです。

ところが終戦になってやれやれと安心していたところ、択捉島をどこの国が占領するのか分からなくなってきた。今まではアメリカが来ると思っていたが、八月十五日後一週間、二週間たっても、どこの国が来るかわからない。

そのうちにトウロの旅団から現地除隊した兵士たちが村に入ってきた。その仙台出身の人たちが、八月二十日ごろ、占守（シュムシュ）島にソビエト軍がカムチャッカから長距離砲を撃ち、夜中に艦砲射撃をして上陸してきた。それに対して日本の守備隊がそれを押し返し、戦闘は我が軍が有利に展開しているらしい。場合によっては我々も原隊復帰の命が来るかも知れない、と教えてくれました。これを聞いて、これは下手したらソ連軍が攻めてくるのでは、と恐れを感じて母と再び逃げ方を打ち合わせたりしていました。

ソ連軍に占領される不安

そして二十八日にソ連軍が留別に上陸した、という情報が紗那から有線電話で入った。上陸と同時に留別郵便局が接収され、やがて紗那の通信設備も押さえられ、各村とは音信不通となり、村はそれぞれ孤立してしまいました。ソ連軍の上陸は分かったが、その後の動向が全く不明でした。私はむしろアメリカよりソ連のほうが始末が悪いのではないか、と思いました。ソ連はドイツに勝利し、三国同盟は崩壊しましたが、日ソ不可侵条約は有効であると誰もが信じていました。スターリンという人物を私もうさん臭く思ってはおりましたが、その約定が一方的に破られたのです。その野蛮的な行為、それにロシア革命当時商人の多くが粛清されたそうだ、という噂とが一体となって、その様な無体な国の軍隊が来たらどうなるのか、と不安がつのりました。女優の岡田嘉子の話は皆が知っていましたし、ソ連というのは恐怖政治の国、密告を恐れてびくびくしていたとも聞きます。隣の大越さんの幸治さんは雑誌や本をたくさん読んでいましたから、彼ともそんな話をしていました。

そんなことを考えながら母とは「うちは必ず狙われる。いずれは家宅捜索が来る。たとえ一時にしろ、物でその場をしのげるのであれば喜んで渡してやろう」と何度も話し合い、自分の胸にも言い聞かせておりました。それでも、うちは子供家族なのだから、長男の自分が家族を守らねばならない、どうしたらいいだろう、と、もう、頭がおかしくなるくらい昼も夜も考え続け、悩み続けました。母にも、大したことはできなくても、やはり子供を守れるのは母親だから、そのつもりでいて下さい、と話しておきました。

私は軍事教練を受けていましたから、占領軍が来たらすぐに家宅捜索に入られる、そしてすぐに撃ち合いになるだろうと思っていました。本当に苦しみ、こんなならいっそ根室の空襲で死んだほうがどんなに楽だったかと何度も思ったものです。自分は長男だ、家族にひもじい思いをさせず、家族を一つにして生きていかなくてはならないんだ、という思いがとても強かったのです。でもきっと、おそらくそのおかげで、その後内地に引き揚げて秋田にたどり着くまで、八人きょうだいがバラバラにならずにすんだのでしょうね。

さんざん苦しみ悩んだ挙句、彼らが村に入ってくる直前になって、いくら考えても駄目なんだ、なるようにしかならないんだ、ということにようやく思い至ったのでした。

その後も上陸後のソ連軍の動向が全く入ってこない。他所はみんな焼け野原になってしまっただろうか、と不安にさいなまれつついる毎日でしたが、九月に入ってついに、ソ連の男の兵士二名と女性兵士一名の斥候が突然役場に現れました。女性兵士は首からプラカードを下げ、それには「この馬に水と飼い葉をやってください」と日本語で書いてあったそうです。十月某日、蘂取に入るという知らせを持ってきたらしい。

役場は回覧板をまわし、当日は皆一歩も家を出ないこと、各自所有のラジオ、刀剣、熊撃ちの鉄砲などすべて役場に供出せよ、それから洗濯物、特に赤い腰巻などを干すな、という奇態な命令がありました（今となっては噴飯物ですが、赤旗と間違えてソ連兵が敬礼するといけないから、ということらしい）。窓から絶対外をのぞいてはいけない、という。当時、村の住宅は窓が通りに面していました。

ソ連警務隊蘂取村進駐

当日朝七時ごろに、ソ連軍は、ボイナバッケという磯浜に集まって、しきりに鉄砲を撃っていました。鳥やアザラシを撃っていたらしい。日本の軍隊は弾がもったいないので兵士にあまり実射させず、そのため射撃が下手だったが、ソ連はどんどん撃たせるのでみんな鉄砲がうまかった。銃も、日本は明治時代の型のものをそのまま使っていたが、彼らの銃は素晴らしいものだった。根室空襲の際には、波止場の石畳に置かれたアメリカ軍の発射した長いパイプ状のロケット弾を見ました。敵側にはこのようなすごい武器があったのに、日本側にはそんなものはまだなかったんですね、あったとしても生産は伴わなかったんです。私は内心びっくりしたものです。

さて、薬取役場の言うことを守って、窓のカーテンを閉めて全員六畳間に集まって、私だけカーテンの隙間からのぞいていたんです。するとそのうちに馬を駆る音がして来て、まず、だーっ、と将校が駆け抜けた。それに続いて下士官二名が走り抜けたのだが、服装が違う。私が初めて見たソ連兵だったんですが、副官二名はずんぐりした普通の黒っぽい防寒帽をかぶっていたのだが、将校は真っ白な、キリスト教の司祭がかぶるような帽子をかぶっていた。「なんてキザな男なんだろう」、と思ったのが第一印象でしたね。最初の男は非常に端正な顔立ちをして、短銃を背中に背負っていて、副官二名は自動小銃のでっかいのを背中に背負って、一気に駆け抜けていった。日本と違って、将校自らが真っ先に行く。

当時薬取橋のたもとにあった緑の屋根の洋館（川畑漁業の自宅兼番屋）を宿舎にするために調べに走ったんでしょう。彼らはすぐに引き返してきて、それから三十分位してから全員が入村してきた。朝八時頃のことでした。

日本の軍隊は歩調をとって、ざっ、ざっ、と行進するが、彼らはバラバラに、靴をざらざら引きずるように入ってきた。家の前を通るのをのぞき見ていて、将校らに続いて入ってくる兵隊の顔を見て大変驚きました。われわれとほとんど同年輩の少年兵に見えたんです。おそらく独ソ戦でぼろぼろになり、着替えもなかったのだろう、軍服はよれよれで垢でぴかぴかになっていて、雑嚢（ざつのう）みたいのを一つと、丸い飯ごうを下げて、半長靴に大きなスプーンを一本ひょい、と差し込んで、ざらざらと歩いていく。だが、担いでいる銃がものすごい。銃口の大変太い円盤型の弾倉のついた自動小銃やライフル、小銃に似た軽機銃を肩に下げ、腰にはピストルを着けていました。日本の軍隊の装備とは比べ物にならないのです。戦争に負けたことは一目瞭然でした。二十名ほどがやって来た。将校だけは違う武器を携帯していました。

日露戦争の話や挿絵で見ていたひげ面のロシア兵をイメージしていたので、意外に若いじゃないか、とても驚きました。あどけない顔をした少年兵だったことで、これなら自分も何とか彼らと話ができるのではないかな、とかなり安心しました。

ソ連軍による戦勝宣言と択捉島占領宣言

その日の十時過ぎ、全世帯主が役場の前に集まるように言われました。家族に留守を頼み自分が出かけてみると、おそらく少将か中将くらいの偉い人が副官を四、五人連れていました。背の高い、穏やかな表情をした人でした。あの白い帽子のシネリニコフという中尉も少し離れて立っていました。通訳は、おそらく日本の学徒出陣の兵だろう、小柄でめがねをかけ、毛皮の帽子をかぶって毛皮の外套を着た青白いインテリ風の人でした。

地面すれすれの裾の長い分厚い外套を着て、大げさな軍帽をかぶり胸いっぱいに略章つけた司令官が開口一番、「ソビエト軍は日本と戦争し、ここを占領した。これから軍政を敷く。ついては日本人の生命と私有財産は保証する」と言った。それが私が初めて聞いたロシア語でした。その一言を聞いて、頭がうわーっとなって、安心して、後は何を言っていたかわからなくなりました。

全村家宅捜索

二十分くらい話を聞いて家に帰ると、一時間ほどしてすぐに家宅捜索に踏み込まれました。シネリニコフ隊が三人一組で数班に分かれ、全村の家宅捜索を開始したのです。米櫃《こめびつ》をあけて米の中までかき回して検査をするのですから、島民は肝をつぶしたと思います。自動小銃を持った兵士三人が入って来た。私を見て、十七歳の坊主頭の子供だったんで、主人を出せ、と言っているようだが、父はいない、と言ったが、通じない。その時「パパ、ママ」と言う言葉だけ分かったので、『万国共通なんだ』と思ったことを覚えています。しばらく押し問答していましたが、そのうち面倒くさくなったんだろう、土足で踏み込んできた。背後から銃を突きつけられ、自分が先頭に立って家中を見せました。早口で喋る相手の言葉は全くわかりませんでした。ただ、相手の目の動き、あごのしゃくり具合、銃口で示されるとおり行動しました。「押入れを見せろ」「たんすを見せろ」、と、店も、二つの倉庫も見せました。直前に生命と財産は保証するといわれていたので絶対大丈夫だと思ってはいたが、銃口を突きつけられているので、『どうせ根室で生き残った命だ、殺すなら殺せ』と思いました。その反面「でももし自分が死んだらこの家族はどうなるのだろう」と思いながら見せて回りました。小さい弟妹に兄の私がおびえているところを見せないように落ち着いて見せたかったことと、どうせ空襲で失ったも同然の命だ、と腹が据わったのです。

進駐の日の夜、兵舎に呼び出しを受ける

その晩、兵隊が二名呼びに来た。これで殺されるのかな、と思いました。言葉が通じないので何を求められているのかわからないのでね。母には平気を装い、玄関を出ましたが、覚悟していました。カザルマ（兵舎）に来いと言われ、ついていくと玄関からずらりと兵隊が並んでいた。奥にシネリニコフ中尉と、どこからか来た将校がいて、ロシア語で「今日お前のところに時計があったろう」という意味のことを言っているらしい。それを買うから、というのだが、めんどうくさくなって自分の持っていた時計をはずして渡したんです。すると幾らだ、という。余談ですが、彼らは何かほしいものがあると

必ず「クピ（買う）、クピ」と言って、ただでよこせとは言わなかった。しかし、断ればどうなるかわからないと思っていたし、どうせお金なんか大してもっていないのだから、これは体のいい強奪だねえ、と後々いつも母と苦笑していました。

そこで私は「これは友達にもらったものだからお金は要らない、あげる」と身振り手振りで答えると、先方は「わかった、帰ってよろしい」というようなことを言い、解放されました。しかし当時村は戒厳令下で外出禁止だったので、普通の家では七時以降は外へ出てはだめだったんです。通りは真っ暗で、一人で帰れといわれたが、後ろからドン、と撃たれるのではないかと大変恐ろしかった。あの気丈な母も、「子供を一人殺したか」、と思っていたと言いました。

敗戦国の屈辱

おそらく初回、二度目の家宅捜索で兵士から山本家の中、倉庫の物の状態が報告されたのでしょう。三度目の捜索にシネリニコフ中尉自らやってきました。例によって、押し入れ、たんす、行李、戸棚とあらゆるものをひっくり返しての捜索でした。自分は物を取ってはいかなかったが、彼の頭の中にはめぼしいものがすっかりリストアップされたのでしょう。その後、天寧、留別、紗那などから連絡将校が訪れるようになり、シネリニコフはその都度その将校を同行してくるようになったのです。まるで自分の持ち物のようにあちこち開けさせ、品を選ばせるのです。その時からシネリニコフは非常に狡猾で、油断のならない腹黒い人物と認識しました。

家宅捜索は、非常に屈辱的に感じました。いくら事前に話し合っていたとはいえ、母にとってはそれぞれが家族の分身のように意味がこもっているもののはずですから、どんなに辛かったことかと、彼らが持ち去ったあとは母の顔は見られなかった。一度など病気だった祖母の回復を願って、亡き父が倉庫の長持ちに大切に保管していた黒じゅすの帯などが引きずり出されてしまった。自分の不注意で祖母の形見をむざむざ彼らの手に渡してしまう無念に胸が張り裂ける思いでしたが、決して顔には出すまいと必死にこらえました。

また最初の頃、ソ連兵は日本人を見れば、「アメリカは居るか？」と誰彼かまわず何度も質問を投げかけていました。その頃はヤルタ秘密会談だとか米ソでどんなやり取りがあったかなんて知らないから、我々島民から見ると、なぜ愚にもつかぬ質問を、と疑問に思ったほどです。むしろこっちこそ「なんでソ連が来たんだ」、と言いたい気持ちでした。

その後、ソ連兵たちは何回もうちへやってきて、あれはないか、これはないか、と言ってくるようになりました。「ない」、というと、山本家へ行けばあるといわれた、などと言って、年中、他の村人のところから回されてくる。彼らは何か必要なものがあると近くの民家や役場へ行って尋ねるのですが、日本人は言葉がわからず、関わりたくないので、「ヤマモト、ヤマモト」と言うらしく、ヤマモトには何でもあると誤解していた節がある。それで腹が立って仕方がなかったですね。「自分がないと言ったらないので、疑うなら見てみなさい」と家の中もひっくりかえして見せてやり、納得させせた。最初はこんな様子だったから、きちんと対応するためにもロシア語を覚えようと思ったのでした。『彼らといの一番に接触してやる』という意地があって、半ばやけくそになって彼らと付き合いました。

蘂取では私の家が一番家宅捜索を受け、めぼしいものはすべて持っていかれました。けれど母と協力して下手な抵抗はせず、相手に満足を与える対応をすることで自分自身の家族、ひいては村全体が少しでも救われるなら、と割り切っていたので、それについては後悔することはありません。あえて恨みをいうならば、我々をソ連に引き渡した我が祖国に対してでした。我々は完全に見捨てられたと思いましたから。戦争に負け、国として北方の離島国民に対し、越冬を目前に定期船を途絶させ、実質的に主食である米の配給を不能とした。私は国の必勝を信じて父の死を乗り越えて島にたどり着きました。ゆえに国を許せなかったのです。国が情けなくて、それが非常に悔しかった。おかげで私は裸で島を追い出される覚悟がつきました。

ソ連兵との会話

捜索も二、三度目になってくると何となく言っていることの意味が分かってきた。まず私、お前、我々などが自ずと理解でき、欲しいものがあれば「クピ（買う）、クピ」「スコリカ（幾ら）？」「ジェニギ（お金）」など声をかけてきてこちらの出方をうかがいながら「ダー（はい）？」「ニエット（いいえ）？」などの返事を求めます。この掛け合いで「ハラショ（よい）」などの言葉がわかりはじめ、次第に物の名前も自然に自分の口からも出るようになりました。私は忘れていましたが、弟の忠平の話では、土足で上がられると困る、と母が一度手真似で注意をすると、シネリニコフは、あ、という顔をして、靴を脱ぐようになった。それを見てほかの将校も靴を脱ぐようになったということもありました。

横書きの戦勝プラカードとロシア文字

間もなく何とも奇妙な文字の入った長さ三メートル、幅二十センチくらいの白紙に赤インキで手書きしたプラカードが村役場とお寺の二本の門杵をまたいで掲げられました。何を書いてあるのか見当もつきませんでしたが、この国は言葉同様何とも奇妙な文字を使うものだと思いました。文字がいくらか読めるようになったのは、時折店に現れるニコライという兵士が新聞を取り出し、見出しに大きく書かれた「хорошо」という文字を示して「ハラショ」と教えてくれたのが最初でした。弟の忠平の話では、どうやらこの兵士から小学校でロシア語を習ったようです。彼は教員出身だったのかもしれません。穏やかな、若い青い目の兵士でした。もっとも子供たちは物珍しいだけで一向に覚えなかったそうです。ただ先生が昼になると教卓でじゃがいもとイクラを食べるのを、自分の弁当を食べるのも忘れて眺めていたそうです。

とにかく言葉の分からない間はいろいろ大変でした。たとえばその年の十一月にソ連兵がやってきて、「ソリ」という。私は「ソリは玄関にあるから、あっちだ」と示して、妹がそこでソリを見せたんですが、納得しない。二、三回押し問答をしているうちに兵隊はかんかんになって怒り出した。私は「何を怒っているんだ、ほら」と、彼をひっぱっていってソリをみせると、「これじゃない」、とゼスチャーで指をなめて、塩辛い様子をして見せたんです。そのときソリというのは塩のことか、と分かって、後で大笑いしました。

また弟の話ですが、若い少年兵たちは、子供たちを見かけると「コドモ、コドモ」と呼びかけ、「セイメイハ？」と聞く。まさか「姓名は？」と尋ねているとはわからなかったのですが、のちにそうとわかって、弟たちの間でも顔を見ると「セイメイハ？」と問いかけるのが流行したそうです。少年兵たちは、赤軍のネッカチーフにするのか、赤い布を欲しがり、少しじらしてからそれをあげたりすると、それはそれは嬉しそうな顔で、お礼を連発していました。

役場前広場の野外ダンス

シネリニコフ中尉の部隊は、着いたその週末から、夕刻になると役場前の広場で野外ダンスパーティーを開きました。中尉自身は二十三、四の金髪の華やかな男で、貴族趣味というのか、立ち居振る舞いも垢抜けていました。アコーディオンの若手の名手がいて、楽譜こそ読めないが、耳で聞いたメロディーをドイツ戦での戦利品だというアコーディオンで繰り返し弾いていました。後にわかったのだがレパートリーの一つは、アメリカの『素敵なあなた』というメロディーだった。おそらくヨーロッパ戦線でこれを耳にして、素晴らしいと思って覚えてきたんだろうね。みんなで男同士で踊った挙句、最後には一人の兵が出てきて、砂埃をけたててコサックダンスを踊っていました。それは見事な踊りで、おそらくプロの踊り手などが徴兵されて入っていたのでしょうね。あれをみて「軍隊でこんなことするんだ」と大変驚きました。日本の軍隊なら「軟弱だ！」と殴られるものをね。それともどこの国も同じで、日本の軍隊も様々な人が召集されてくるし、軍隊内で隠し芸大会などやっていたのかな。

いずれにしても日本の田舎では見ることのないロシアの未知の古典文化を見せつけられて、彼らの身にまとっている垢だらけの衣服の内から光るものを感じ、ソ連の高性能武器とを考え合わせ劣等感さえ覚えました。

また、その後「カメンダント」とよばれていたインテリ風の司令官が隣の親戚の旅館に入ったんですが、彼は、雪どけになり春の兆しが現れると裏の物置に立てかけた梯子に寄りかかって、大きな声で本を朗読するのです。そんな姿を初めて見る藁取の人々は、『ロスケ』は、皆あんな風に声を出して本を読むのかね、と笑っていました。私はロシア語の流れが歌のように聞こえ綺麗だな、と思いました。

ソ連警務隊の信頼度

シネリニコフ中尉には私は疑いを持っていましたが、年末に藻取の主食米が皆無となり、越冬を目前に村民は大きな不安に陥りました。そこで村長を通じて越冬用の米を入手できるようシネリニコフ中尉に陳情したところ、彼はこれを受けて関係部署と折衝し、自ら住民の船に同乗して別飛に赴き、先頭に立って藻取優先で荷捌きをしてくれるなど、藻取に対してきわめて好意的に対応してくれたそうです。そのことで皆彼を尊敬しました。米はソ連の持ち込んだ朝鮮米で、一俵五十キロ入りのもみ米でした。これを石臼で太い杵でついて精米するのですが、大家族なので一度に一臼二升くらいを精米しないといけない。一臼あたりのべ九百回ほどつくのはつらい仕事でしたが、でき上がった米はまるで新米のような、実においしいご飯が炊けました。

得てして戦勝国は軍紀が緩み、一般人に対し略奪や暴行事件を起こす者が出ると言われますが、幸いシネリニコフ隊は統率がとれていました。おかげで蘂取村は敗戦国としては考えられないほど治安が保たれていました。当初、村を全く未知の軍隊に占領される恐怖は並大抵のものではなく、親たちは年頃の娘たちを守るために髪を短く刈って男の服装をさせていました。しかしソ連兵による不祥事など発生せず、時がたつにつれて自然に警戒心も薄れました。のちには、うちの妹たちがワンピース姿で出歩いて、若い兵士から「へーイ、ジェーブシュカ（娘さん）」などと優しい目で冷やかされても、妹たちも「ズドラーストウィティ（こんにちは）」と軽く受け流すほど和やかな雰囲気になりました。もちろん気は抜かないように言ってはありましたが。

すぐ下の妹などは、ずっと後になってロシア語がかなり分かるようになると、「マダーム（奥さん）！」と呼び掛けられて、「マダムじゃないわ。私はバールィシニャ（お嬢さん）よ」と答えてやった、なんて言っていましたね。

留別上陸も無血状態、その後も日ソの衝突による流血がなかったおかげもあって、不本意ながらも友好裡に暮らすことができたのだと思います。

母の死産と祖母の死

十二月には、母が子供を死産し、私が宮崎という人と二人で、つるはしとスコップを持ち、小さな手造りの棺を背負って、スキーを履いて出かけ、山中の山本家の墓地に埋めました。赤ん坊を守ってやれなかったくやしさに涙がとまりませんでした。

翌昭和二十一年二月には、祖母が亡くなりました。二人の死は山本家にとって昭和十九年の祖父、二十年の父に次ぐ三年連続しての不幸ではありましたが、この後に発生する不測の事態に備えて、父祖の誰かが、我が家の運命を操ってくれているような気がしてなりませんでした。私の進学断念、妹の体調不良による帰省、空襲による父の死、胎児と祖母の死、加えて帰郷した妹の急激な体調悪化。身重の母は生死の境をさまよう妹を看病して、さぞ大変なことだったろうと思います。立て続けに起きる事態を見つめ直す時、ソ連が進駐した際に藥取の警察官がどこかへ連行された事実を考えあわせると、父の死は何かの運命だったのかと思えてくるのです。

父は、村議会議長、警防団長という公職にあったので、絶対ソ連に連行され、その取り調べは想像以上に過酷であっただろう、かつ大家族を残しての心痛は、父にとっては耐え難いことであったかも知れぬ。そう考えれば私がしっかりしなくては、と思いました。

祖母の葬儀は村の人たちの協力で古式通り盛大に行いました。もちろんソ連軍には届け出、お寺にはシネリニコフ隊長自ら副官を連れて監視に来ていて、物珍しげに見ていました。葬儀は隣の河村さんが骨あげまできっちり面倒を見てくれました。

話は別ですが、蘂取村営火葬場は私が三、四年生だった頃に煉瓦製のものを新設していますが、村の死亡者が少なくあまり使われず、煉瓦も新しいままでした。祖母の死後間もなく、火葬の習慣のないロシア人は、煉瓦を剥がしそれを使ってパン焼き窯を作っていました。我々も昭和二十二年頃からは、配給の黒パンを食べていました。

漁業コンビナートの稼働

春になって、ソ連から民間人が何人かポロサンに入ってきました。いつの間にか少しずつ民間人が増えていった。そろそろ漁業コンビナート開設の準備をするためだというのです。その時に、あっ、と思った。これはもう、エトロフは戦利品として取られたのだ、と思い、意識してすべてを記憶しようと思いました。当時は戦争の時代、戦争は過酷なもので、勝ったものが取る時代、勝った方が相手を抹殺しようとすればするし、何をされてもわからない時代だった。負けたら日本は抹殺されるとも思っていました。国営企業とはいっても民間同様の企業がソ連本国から村に入ってきたことで、島はソ連に奪われたと感じました。

パスポルト交付

昭和二十一年二月、ソ連のナロード（人民）たちが増え始めた頃、十六歳以降の男女にパスポルト（身分証明書）を持たせることになったとして、役場で対象者全部の氏名・生年月日と顔写真を撮られました。四月に完成して一人ひとりに交付されました。製紙技術が低いのか、ソ連の紙は極端に粗末でした。ところがパスポルトはその立派さに脱帽しました。我々他国民にこのような立派な紙を使っていいの？と思われるほどでした。なるほど、ロシア人は紙幣を非常に粗末に扱います。無造作にポケットに捻じ込みます。ルーブル紙幣は汚れ、皺だらけになっています。出回っている紙幣は日本の紙幣に較べぼろぼろになりそうなものですが、なっていません。パスポルトの紙はそれと全く同じ紙質に見えました。それだけ重要な、命と同様に重要な書類なのです。絶えず携行し、いつどこで提示を要求されても直ちに提示しなければ、まず不審者として拘束されてしまいます。

大きさはA５版と記憶している。透かしはソ連の紋所（鎌と鎚）、本人の顔写真、その上からソ連の紋所の押し印で偽造を防止しており、中々立派なものでした。四つ折にして胸ポケットに入れ、命より大切に持ち歩いていました。

国境警備隊に交代

そして、昭和二十一年五月に国境警備隊が入ってきたんです。駆逐艦が弁天島に沖がかりし、シレト浜に大砲や武器類を陸揚げし、橋を渡ってカザルマ（兵舎）に入りました。いつの間にかシネリニコフの部隊はいなくなっていました。

今度の部隊はもう大人で、全部で六十名ほどいたでしょうか、独ソ戦を戦ってきた部隊らしく、顔つきもしたたかな感じで違っていた。ですから日本人の間での前評判は良くありませんでした。けれどももう家宅捜索はありませんでした。それほど村内の治安は保たれていたのです。

『どうなるかな』と思っていたが、将校はすべて、日本人の部屋数の多い家に分宿することになりました。村長が一々出向いて承諾を取って入りました。蘂取の本村には漁業コンビナートの幹部が大きな家に間借りしました。隊長のカルピンコ少佐は空き家だった洋風の営林区署派出所の官舎に住み着きました。彼の奥さんは三十代くらいのモンゴル系の美人でした。そんなことも影響して、蘂取では日本人に比較的きちんと接したのかもしれませんね。コンビナートの漁師たちはポロサンの番屋の方にいたので、本村にはあまり大きなロシア人集落はできませんでしたが、購買部として山本商店の店と倉庫を貸して欲しいと要求され、無償で使ってもらいました。

第三章

『ドクトル』との出会い

国境警備隊の軍医少尉殿、我が家に逗留

村長から軍医を泊めて欲しいと連れられて来た時、うちは女所帯だが部屋は空いているし、ロシア人将校を置いておけば何かあった時良いだろう、と考えて受け入れに賛同しました。それで来たのが、軍医のイワン・イワノビチ・ゴロフコ少尉、『ドクトル』だったんです。髪は栗色で、目は茶色、身長は一メートル七十五センチくらいで、当時は大きく見えました。ほっそりした感じで、顔のつくりは今出ている栃ノ心というグルジア出身のお相撲さんにそっくりでした。

顔から受ける印象は、ちょっとヘンリー・フォンダみたいで、憂いを帯びたような、深みのある表情をしていてね、いつ見ても穏やかで優しみのあるまなざしをしていました。ひげが濃いのでいつもきれいにかみそりをあててありました。眉がキューっと鋭い三日月のようになっていて、帽子をかぶると、エッ?って見違える感じ。ハンサムでした。

最初はやはり緊張はありました。彼は初めて来た時に挨拶をして、すぐに家中を見せ

てくれ、というので、また押入れから何からあけて見せて回ったんです。私は当時、『日本人はもう負けてしまったんだから、いまさら何もするわけがないじゃないか』とあきれた思いで見ていましたが。（後年ベトナムやイラクの戦争を見ると、ゲリラの抵抗はすごいでしょう、当時彼らが丹念に家捜しをした理由が分かりました。）

私は自主的にあちこちあけて『どうぞ見てください』とやっていたんですが、書架の前に立ち止まって一冊の本を抜き出したのが、たまたま代数の参考書でした。開けてみてニコニコしながら「ふんふんふん」、とうなずいている。それから私に向かって手振りで、「これ、おまえが勉強したのか」と聞くので、「そうだ」というと、ゆっくりと、一つ一つ単語を区切るようにして「カランダーシ　イ　ブマーグ」と言いながら、手ぶりで鉛筆と紙をよこせ、というのです。私は『しまった、苦手の問題だ！』と内心大いに焦ったのですが、何食わぬ顔でサラサラっと答えを書いてみせました。するとドクトルは、腕と肩をすくめ、首をかしげて額を皺にして私を見つめました。私も彼と同じしぐさで彼を見つめました。するとドクトルはニコリと笑って、本を棚に戻しました。それから数学には言葉はいらないんだ、と私の胸に親近感が湧き上がってきました。それからドクトルの私に対する態度が変わったんです。

愛称、ドクトル

その夜、ストーブを囲んで母と幼い弟妹たちが団欒《だんらん》している時、彼が自ら自己紹介を始め、名前を名乗ったのです——ゴロフコ、イヴァン・イヴァノヴィッチ。

私が家族一人ひとりの名前と年齢を紹介しました。昭平、と名乗ると、「セルゲイに似た名だ」と言いました。父は一九四五年七月十五日、北海道根室で米軍の爆撃で死亡したこと、私とすぐ下の妹の徳恵が傍にいたが助かったことを身振り手振り、筆談も使って懸命に説明しました。彼はその都度、「ダア？　ダア？（なるほど、なるほど）」と丁寧に返事を返してくれた。ロシアでは自分と父親の名をあわせて名乗ることも説明してくれました。

彼は「ママはこれだけの子供を一人で育てている。大変立派なことだ。ソ連なら英雄勲章を授与される」と言いました。私が、「あなたの名前は難しくて日本人には言えない。

日本では医者をドクトルとも呼ぶので、今後我が家ではあなたを『ドクトル』と呼びます」というと、彼は慌てたような素振りで、「いや、自分は軍医だがドクトルの称号は持っていないのでそれはいけない」と真顔で言うのです。私は「家では愛称を『ドクトル』とするのです」と言いました。私の「愛称」という言葉の表現は何とか彼に通じたようで、彼も肩をすくめ、渋々納得したようでした。この時以来我が家では「ドークトル」と呼ぶことにしたのです。

ある時、私が玄関で何かをしていたとき、国境警備隊長カルピンコ少佐夫人が大声で「イワノビチ同志は在宅ですか?」と訪ねてきました。私が大声で「ドークトル　ゴースチ（ドクトル、お客さんですよ）」と奥へ声をかけたのです。

「ダア、」返事と共に彼が玄関に顔を出しました。途端に彼女は早口で「今この子がドクトルって呼んだわ、あなたこの家ではドクトルと呼ばれているのね。いいじゃない」。彼はかしこまって「いや、私はやめてくれ、と言っているのです。困っているのです」。「いいじゃないの、ドークトル」。彼女は明るく悪戯っぽく小首を振って笑っています。そして何か用件を言って帰りました。私はそ知らぬ顔をしていました。どこの国でも女性は口さがないらしい。これ以降、薬取のドクトルの名は島中のソ連軍に知れ渡ったらしいのです。

ドクトルの部屋

部屋は当初玄関を入って左側の六畳間に住んでもらいましたが、後日表通りに面した客間に替えて欲しい、との要請でそちらの六畳間を提供しました。彼は非常に満足しておりました。

我が家に来て数日は日本式に床に自分の羽毛布団で寝ましたが、のちに日本人の大工に木製ベッドを注文して立派なものを作ってもらっていました。家族に披露して「今夜からよく寝られるぞ、ベッドに寝るのは何ヶ月、何年ぶりだな」などと非常に喜んで冗談を言っていました。

彼には我が家の事務机と椅子を使ってもらいましたが、机の上には彼の父母の写真と、横十四センチ×縦四センチほどの二つ折りになる写真が飾られ、片方にはドクトルが、もう一方には丸顔の都会風な、それでいて優しさが溢れた顔立ちの女性が写っていました。「あなたのマダム？」と聞くと、そうだと言いました。女性の方はうっすらと色付けされていました。当時旭川で私は外人女性をあまり見た記憶はなく、洋画でしか、それもアメリカ映画とドイツ映画しか見たことがありませんでした。また薬取で最初に見た外人女性は、コンビナートで事務をしていたワーリャです。彼女は始終村の中で見かけましたが、栗色の髪でジプシーのような目鼻立ちのきつい顔をしていて、これがロシア女性として私の脳裏に印象付けられていました。

写真の女性は、ワーリャとは全くちがうタイプでした。二十四歳で、モスクワでタンツェヴァーチ、踊りを踊っているのだと言っていました。ドクトルの奥さん？　意外な感じがしました。

ドクトルの帰宅儀式

うちの玄関は広い床板張りで、障子の向こう側が居間で炉が切ってあり、薪ストーブを焚いています。家族はここで食事をし、各自が床に入るまで一家で団欒をします。ドクトルはカザルマより帰宅すると、必ず帰ったことがわかるように、どしんどしん、と足を踏み鳴らします。これはソ連軍の「気を付け」の姿勢で、「ヴラーチ・レイチェナント（軍医）、只今帰りました」と報告をして、まず障子を開けて、ぽーん、と軍帽を部屋に放ってよこします。続いて拳銃ベルトからピストルを抜いて素早く弾倉を外し、十二発の弾を抜いて弾倉と一緒に畳の上にバラバラ、と滑らせてよこします。最後に腰からベルトを外して、これも畳の上を滑らせてよこし、「イ　フショ（これでおしまい）」と言って初めて彼は上り框に腰掛け、革長靴を脱いで、居間に上がってみんなの顔を見渡すのです。

最初は何をするのか、あっけに取られてどうしてよいのかわかりませんでしたが、みんなを安心させるための彼の誠意であることがわかって、家族はニコニコとこの行事を受けとめるようになりました。

われわれに警戒心を持たせない配慮からだったのでしょう、子供が多かったから、なおさらそういうことに気を遣ったのかもしれない。一年以上も続けたと思いますが、母とも相談し、頃合を見計らって止めてもらいました。果たしてこれでよかったのか、分かりません。

ガワァリ、ガワァリ、の千夜一夜話

夜になって、家族みんなが炉のストーブの周りに集まっていると彼もやって来て、みんながあぐらをかいていているのに一人だけできないまま座ります。しかし彼の靴下が非常に臭い、たまらない。たまりかねた母が、「ドクトル、その靴下はひどく臭いから、私が洗ってあげるから脱ぎなさい」と身振りで言ったんです。そんなやり取りをしているうちに、彼の下着も靴下も母が洗ってやるようになった。

彼はそのことを非常に感謝していました。おかげで靴下も臭くなくなりましたしね。彼は話し好きで毎晩薪ストーブを一家で囲んで、「ガワァリ、ガワァリ（話そう、話そう）」と言って話をしました。

靴下といっても、大抵はその頃彼はフランネルのゲートル、パルチャンカを巻いていて、それを母が洗ってやるのでした。洗ってやっても、足は臭い、と言って、うちで風呂を焚くときに『一番に風呂に入れさせてくれ、中には入らないで浴びるだけだから、熱くしておいてくれ』と言うのでした。熱い風呂に一番に入って、「ブラガダリュ」といって出てくる、ごちそうさま、という感じでしょうか。なぜかスパシーバ（ありがとう）ではなかったですね。

同じ頃、ヤマニ回漕店にゲーペーウー（国家政治保安部）の小柄な将校が入ったんですが、その人がドクトルと仲が良くて、彼もよくうちに風呂をもらいにきましたね。その人は小さな革のかばんをもって、「コンバンハ」とやってくる。どうぞというとロシア語で「ズドラーストウィティ（こんにちは）」と言って入ってくる。長居はしませんでしたね。

ドクトルは普段カザルマで朝昼を食べていました。あとは一人で部屋で配給された缶詰を食べたり。ソ連軍の食べ物で、ものすごく固いパンがあって、しばらくなめて柔らかくしないと噛み切れないんだが、これがおいしいんです。ドクトルはそんなのを子供たちにくれたりしてね。自分でも、パラフィンの袋に入っていて「これは米軍の援助物資です」と英語で書かれた乾燥卵の粉を持って来て、母にこれでオムレツを作って下さいと頼んだり、白い小麦粉を持ってきて、「パンプーシュカ」を作って下さいって頼んだりね。これを練って、寝かして卵と砂糖を入れて油で揚げてくださいい、って。それから子供たちにハマナスの花びらを集めて来させて、それをシロップで煮てジャムを作って、と言ったり。母はちゃんと言われたとおりに作ってあげていました（おかげで戦後もオムライスとかバターを使った料理がとても上手でした）。ドクトルの食料は量も少なく、分けるほどなかったし、母は少しくれ、と頼むような人ではありませんでした。

それから、これはもうずっと後のことですが、あるときドクトルが朝早くスキーで紗那へ出かけたことがあってね、一泊すると思いきやその日の夕方遅く帰ってきたかと思ったら、バタン、と玄関に倒れこんで、「ああ、おなかがすいた、ママ、何か作って！」と言って、涙をボロボロとこぼしたんです。何があったんだか、全く、途中どこかで一口でも食べればいいものを、と皆で心配し母が叱りながら迎え入れたなんてこともありましたね。

ドクトルは私の母に対して感謝していました。母は自分から進んで、洗濯から何から何でもやってやりましたから、それが嬉しかったんだろうね。やはりこんな大家族を女手一つで大変だろう、という思いと、自分の両親、家族への思いがあったんでしょうね。母を尊敬してくれていることは、日頃の彼の態度から分かります。自然に信頼関係が生まれたのでしょう。

ドクトルはただ、たまに友達が来てひどくアルコールを飲んで、その後で「胸が焼ける、焼ける」と苦しむことがありました。翌朝にはけろりとしていましたがね。今考えると医者というのは大変ストレスの多い仕事だっただろうから、そうだったのかもしれません。私が翌日、「昨日こんな風だったよ」とまねすると、「ダァ（そう）？」と恥ずかしそうにして笑っていました。

この頃になると、私もかなりロシア語が分かるようになってきて、ドクトルと馴染んで話をするようになりましたが、彼の方からは決して日本語を覚えようとはしなかった。ソビエトに対する誇りがあったんだろうか、日本語でありがとう、と知っていてもスパシーバ、しか言わなかったですね。

我が家ではいつの間にかロシア風の生活様式になっていました。朝の挨拶はもちろんですが、家族が食卓を囲んでいる時、ドクトルはプリヤートノイ　アピティーッツ（おいしく召し上がれ）、みんなはシパシーバ、と答える。夜には家族がストーブを囲んでドクトルと話をします。子供たちが寝る時刻になると、一人ひとりがスパコイノイ　ノーチ（おやすみなさい）、ドクトルは必ず返事を返します。ものすごく和やかで、日本もロシアも無くなります。中でも一番小さい妹はドクトルのお気に入りで、カノコ、カノコ、と呼んで、よく天井に着きそうなほどの勢いで「タカイタカイ」をしてやっていました。この子はドクトルや彼のところへ来る兵隊に慣れていたせいか、後に引き揚げの際に樺太ではぐれてしまった時にも、ちゃんとロシア人の若い兵隊に連れられて、私たちのところへ戻ってきました。

小さい子供たちがみんな寝てしまってもドクトルは残って、ほとんど毎晩のように私と話をするようになりました。「お前幾つだ」というので「十七だ」というと、ドクトルは「私は今二十六だ、じきに二十七になる」という。「女友達はいないのか?」「女の子たちはいるけれど……」「好きな子を誰でもひっぱって来て思いどおりにしてしまえよ、十七にもなっているんだから」とそそのかす。「いや、日本ではそんなことをして子供ができたら、非嫡子になってしまうからだめだ」と言うと、「いや、ロシア人になれば、ロシアにはそんな非嫡子なんてものはないから、大丈夫だ」なんて、そんなばか話をして楽しみました。日本人の美人とは？とドクトル、私がうりざね顔や柳腰を身振りで示す、ドクトルは、ロシアではね、胸が大きくてお尻が大きい、ポニマーエシュ？（わかる？）こんな他愛のない話から、私は日本の国家体制を尋ねられ、彼はソ連の体制を話してくれたり。

ドクトルのジェスチュアよろしく語るロシアの恋愛観に、共産主義を標榜する言論統制の厳しい国なのにこれほどまでに恋愛の自由が謳歌《おうか》されているのが不思議でした。それからお化けや幽霊の話をしたり。死んでから霊魂は残るか残らないかで、私は残る、と言い、ドクトルは絶対残らないと言い張って口論になったことがある。ドクトルがものすごく怒り出し、ピストルを急に抜いて見せたので、とっさに私は裸足で窓から浜へ飛び出して逃げました。しばらくたって戻ってみると、彼はニヤニヤしながら待っていました。頑固に言い張る私に怒ったような顔をして見せただけだったんでしょう。

ロシア人との交流

ドクトルのほかにも、村にはいろんな人がいました。帝政時代を知るおばあさんたちなどは、困窮して母に泣き言を言いに来るので、よく物をあげていました。

小柄でグラマーなカルピンコ少佐の奥さんは、よく、ママ、ママ、と母を慕ってやって来て、たんすの中を見せてもらっていました。彼女は私に「自分はモンゴル人でロシア語はあまりよくできないんだ」と言っていたことがありますが、そういう事情もあったのでしょうか、よく母のところへ来て泣くので、慰めてやった、と言っていました。彼女は母の青いショールがお気に入りで、欲しそうにしていたのですが、母も一計を案じて、「私たちがダモイ（引き揚げ）になったら、あげるからね」と言っていました。引き揚げの日取りをこっそり少しでも早めに知りたいと思ったのです。それで結局、引き揚げの時に、母はカザルマに呼び出されましてね、少佐と部下がずらりと並んだところで「ママ、なぜあらかじめ引き揚げの日を知っていた？」と問い詰められた。そこで少佐に、部下を外へ出して、と言ってから、「実はあなたの奥さんからですよ」と答えると、少佐は「あ、わかったわかった」、と慌てて無罪放免になったのでした。

その他の人たちも、よく母のところへやって来ていたので、アメリカ製の砂糖や卵、バターなんかを物と交換で入手していました。薬取は空襲を受けていなかったので、各家に服や物はあった。だから独ソ戦でボロボロになって裸一貫でやってきたロシア人たちと物々交換が成り立ったのですね。

母はロシア語なんかまったくできないんですが、身振り手振りでまっすぐ相手の目を見て応対していた。自分が苦労して育っているから、自分の愚痴は一切言わないが、人の辛さに理解と思いやりがあったんでしょうね。私なんかはちょっと愚痴でも言おうものなら、「男のくせに!」と叱られたものですがね。当時身重だった若い中尉の奥さんなんかも、よく来ては泣いて帰って行った、と言っていました。島の女性たちからも、「一久のねえさん」と呼ばれて頼りにされていたようです。

そういえば、日本人は「ダモイ」を強制送還と思っていた。でも私はロシアの兵隊や水夫達が本国へ戻ることをダモイというので、我々は意味を間違っているんじゃないかと思っていました。ひょっとして日本人は薬取へは出稼ぎに来ている仮住まい、と見ていたのかなとも思います。

漁業コンビナートのワーリャは、日本人の様に小柄なんだけど、ドクトル流に言えば胸とお尻が大きく美人、次々と恋人を替える発展家でした。彼女はたまたまギターが上手で、隣の大越隆さんのところにギターを借りに来たり、習いに来たりして親しく付き合っていました。隆さんはノモンハンでソ連軍との衝突を体験していて、その時胸に入れた小銭入れの硬貨が弾除けになり命拾いした、とひしゃげた五銭、十銭、一銭玉などを大切にお守りにして持っていました。隆さんはもっぱら古賀メロディーなんかでしたが、彼女は実に上手にいろいろな曲を弾いていた。私にもギターが弾けたら、あのメロディーを今弾くことができたのにと思います。彼女の恋人が蘂取から曽木谷（ソキヤ）に転勤して間もなく海難事故で亡くなったので、当初は寂しさを堪え切れなかったのでしょう、隆さん宅へ足繁く通っていました。独身だった隆さんの方も、彼女に強く心惹かれた、抱きたい、という衝動に何度も駆られた、と言っていました。しかし彼は一線を越えることは絶対にだめだという信条があり、できなかったといいます。

コンビナートの長は、小柄で身なりは粗末でしたが、威厳があり堂々としていましたね。私が挨拶をしなかったらロシア語で「人に会ったら、朝は、ドーブラエウトラ、と挨拶するものですよ」とたしなめられた。以後、挨拶をすると必ずあごをちょっとしゃくりあげるようにしてうなずきながら、もっともらしく挨拶を返してくれました。目が優しい人でした。なぜ私一人に？　そんな思いでした。

それから日本語の堪能なロシア人の通訳もいました。江戸弁で多少べらめん調、十代の後半に親に連れられて江東区の鳩ノ巣というところに来たとか。最初は言葉がわからず、幼稚園の子供たちと遊んで、それからだんだんレベルアップしたと言っていました。

労務者に混じってロシア人の床屋もいて、「頭を刈ってやる」と言うので部屋に入れました。小柄で、ちょっと見には怖い顔付きでしたが、動作が素早くて非常に上手に刈ってくれました。二ルーブルくらいだったな、当時一円は一ルーブルで、円も使えたのですから、公式の交換レート一ルーブル四円なんていっても、結構大雑把でしたね。床屋はしかし、手癖が悪くて、髪を刈りながらめざとくいいものをくすねていくので気が抜けませんでしたが、道化師のような憎めない愛嬌がありました。ロシア人も貧しかったんですね、将校は白パン、庶民は真っ黒いパンを食べていました。みんな鳥打帽をかぶって、口ひげを蓄えていましたね。背広はどの人もダブルで、それもよれよれのを着ている人たちもいた。スターリンが着ていた日本の第二国民服みたいな服を着ている人たちもいました。

カステンコ、っていう酔っ払いで有名な漁師が、荒川さんの家に勝手に入って行って、火にかけてあった鍋をそのまま持って出てしまったなんてこともありましたが、治安はよかったですよ。シネリニコフの時には家宅捜索があるので、しんばり棒をかけたりしましたが、カルピンコ少佐になってからは、それすらかけませんでした。

ソ連共産党の選挙

記憶が曖昧ですが、ソ連共産党の選挙が実施されたのはたしか一九四六年九月頃、だったように思います。投票所もどこで実施されたのか、他所の国の選挙など全く関心もなく、ましてや占領下の時代です。しかし村の此処あそこに写真入りのポスターを貼りだしていました。一枚のポスターに数人の候補者が載っていました。しかしこの地区の候補者はそのうちの一人で、決められた人に有権者は投票するのみ、とか。「それなら投票などしなくてもいいのにな」と日本人の間では冷ややかでした。選挙前夜は村中のロシア人が呑めや唄えやの大騒ぎでした。戦前の日本では選挙は厳粛に実施された記憶が子供心にも残っていましたので、国が変ればの感がありました。

ソ連軍入村後の日本人の子供たち

その頃子供たちはどうしていたかというと、戦時中にあっても、島が直接空襲や艦砲射撃などの攻撃を受けていなかったので、本土のような逼迫《ひっぱく》感や恐怖感を肌で感じることはなかったと思います。ソ連軍が村に入ってきて、家宅捜索を受けて初めて日本が戦争に負けたことを実感したのではないでしょうか。その後学校でソ連兵士によるロシア語の授業が始まり、やがて校舎を半分ロシア人学校として接収され、大型のリードオルガンをロシア側に取られたりしたことから、子供心にも反発心が鬱積し、喧嘩も起きたと思います。時の校長がキチンと子供たちに訳を説明したのかどうかも分かりません。

女の子の中にはロシアはおっかないというイメージを抱いている子も少なからずいたと思いますが、我が家ではありませんでした。私は弟妹たちに対し、ロシア人が怖いということを一言も言わなかったと思います。最初入村したソ連軍に、私や母が真正面から対峙したので、子供たちは彼らに対し恐怖心を持った記憶がないことと思っています。

国境警備隊長カルピンコ少佐の一人息子は当時十一歳だった弟の忠平と同じくらいの年でしたが、護身のためかピストルを持たされていました。腕力でかなわないから、忠平は犬をけしかけられたことがあったり、一人が喧嘩しだすと学校全体が日露に分かれて喧嘩をしたり。けれど、私の妹たちはロシアの子供たちと遊んだことは記憶にあるが、ほかの日本の子供たちと遊んだことは全く覚えていないと言っています。写真を見せられながら何度もロシア語の授業を受けているうちに、何となく言っていることが分かるようになったとも言います。いずれにせよ、日本、ロシアともに大人たちは「子供のけんかに親が口をださない」態度で接していたようです。

これは一にも二にも相互の弾の撃ち合いがなかったこと、それがお互いを尊重し合える最大の要因であったろうと思います。またロシア人は日本人に対し敗戦国民としてではなく平等に対応してくれた、そのことに未だに驚きと彼らの懐の深さに感動していま す。

コンビナートの仕事

漁業コンビナートでは五月六月はタラ、次はカラフトマスや鮭、とかね、給料は歩合制ではなかったけれど、とにかくノルマを果たさないといけないから、あの「ラッキベツの滝」近くのトシラリ漁場には毎日小さな発動機船で行っていました。これまでやっていたことを日本人にやらせて、ソ連人が学ぶという形でした。タラ漁にはついてきませんでしたが、普通は二名ほどずつロシア人が一緒に乗ってきました。鮭鱒の時期には大謀網（定置網）を入れますが、その沖の魚を溜めておくいけすのところにはロシア人の女の船頭も乗ってきました。カムチャッカから来たという小太りで気の強い、大声の女でした。タラ漁には朝三時起きで駆り出されていました。当時は男女とも十六歳以上は労務に出るように言われたんですが、女性たちの中には行かない人もいた。そうすると配給の、私たちが「フスマ」と呼んでいた黒っぽい、おそらくライ麦粉の配給はもらえませんでした。

徴兵ですでに若い男はいなくなっていましたが、終戦当時トッカリモイで村の監視哨長をしていた地元生え抜きの荒川亀次郎という人物がリーダー格になって、漁労班を編成しました。村に残っていた老年にさしかかった男たちや、若年の私たちなどが作業にあたりました。彼は三十五歳の働き盛りで、中国戦線から病気か何かで村に戻っていたんです。陸軍一等兵でしたが、万年一等兵で、おそらく軍隊の中で頭を押さえつけられていたんだろうと思います。若い頃は無鉄砲で怖いもの知らず、スキーで裏山の急斜面を直滑降で滑り降りたり、世が世なら一角の人物になっていたような人でした。藻取はおろか、紗那、留別、内保に至るまであらゆる陸海の地形や名称、気象の特徴まですべて熟知していました。私は彼に可愛がられました。五月から六月にかけてがタラ漁なんですが、濃霧で視界が全く利かないことがよくあるんです。小型発動機船とはいえ、コンパスが必携です。彼は、数少ないコンパスを他の船に譲って、コンパスなしで漁に出ます。濃霧の中を蘂取岬の岩だらけのカーブを見事にかわして、ポロサンの漁場に帰るんです。感服しました。豪快でいながら繊細なところもある人でした。地元生え抜きの人々には、このようなその道の隠れたエキスパートがたくさんいました。

タラ漁の漁労班は三班あって、そのうちの一つのリーダーが亀次郎さん、私を含めて計六名がソ連風に「シーマ四十七号」と名前を変えた焼玉エンジンの小さな発動機船に乗って、ラッキベツの滝の方のトシラリ漁場へ行って、てんてん漁（仕掛けを使った漁）をやりました。その途中途中で亀次郎さんが独り言のようにつぶやく話は面白く、「ラッキベツの滝のところにしかないウスユキソウという花がある」とか、「曽木谷には、白いもちのような食べられる土があったそうだ」とか、「得撫（ウルップ）島には山の上に乗り上げた船があるそうだ」とかいろんな話を聞きました。

獲った魚は荷揚げして加工場まで運んでおしまいです。どんな加工をしているのかは見せてくれませんでした。噂では、燻製や塩漬けにして本国へ送っていたようです。一度など岩塩を積んだ七千トン級の船が来て、がちがちにくっついた積み荷の塩を引っ剥がしては各漁場へ運ぶ仕事もさせられました。

漁労の他に、今兵舎がある辺りに駅逓があって、そこをコンビナートの事務所にしていた。私も、日本人でそろばんのできる者、と言われたんでしょう、行ってくれやと言われて二、三日働いて、日本人の名前をロシア語で書いたり、給料の計算なんかもしました。これは楽でよかった、そうでないと漁業の仕事に毎日休みなしでかりだされているのだから。労働者の国だっていうが、しけの日も吹雪の日も三百六十五日休みなんてない。

冬になると暖房用の薪を周辺の山々から伐り出したり、漁労を中心に食料運搬、本船との荷役作業などに駆り出されましたね。この時、島で使っていたテシマ（かんじき）が役に立ちました。内地の物より枠の幅が広い曲げわっぱになっていて、島のサラサラの雪でも沈まない。先端が幅広に後ろは幾分細く作ってあって、その枠にトッカリ（アザラシ）のなめし革を裂いた革ひもで足を引っかけるところを編んでつけ、固定せずにスリッパをはくように靴先につっかけて履きます。トッカリの革は濡れても決して凍結せず柔軟で切れることがありません。テシマにはケリという魚の皮で作った靴が最高でした。ゴム靴の比ではなかった。私のは斑点があったから、おそらくカラフトマスの皮でできていたと思いますが、地元生え抜きの人の話ではアメマスの干皮で作ったものが最高だとか。上手の手によって縫い込まれたケリは水たまりも平気だったといわれ、中に、昔は藁はなかったから葦などを使ったんでしょうが、藁を叩いて柔らかくしたものを入れるので、軽くて暖かい、汗をかかず滑らない、と島の生活には最高の履物でした。

給料は、島を引き揚げるときに一年分だとか二年分だとかと言って、八百ルーブル位もらいましたが、結局樺太の収容所で荷物検査のとき、ルーブル紙幣やカペイクの小銭、めぼしいものはすべて没収されました。書いたものは手帳だとかもすべて取られましたね。

ロシア人の熊撃ちとドクトルのごちそう

ドクトルが我が家にやって来てひと月ほどたった頃のことです。

その日は私たちの漁労班の発動機船シーマ四十七号にライフル銃を持った国境警備隊の下士官一人と兵隊二名がやって来ました。私たちの漁場、カムイワッカの沖の方、トシラリ漁場の方へ熊撃ちに行くつもりらしい。ここだけは神威岳の陰になるせいか、波が本当に穏やかで、崖も、少し緩やかなところもあるんです。

そこを右岸に沿って進むうちに機関室から私の一級上で機関士の白浜清三さんが急斜面の崖の上に熊を発見、するとソ連兵はあそこにつけろ、と言う。亀次郎さんは、あそこは岩だらけで波が荒くて、とてもつけられない、と何度も断るのだが言うことを聞かない。仕方なく無理やり寄せて降ろすと、兵士たちは滑る大岩にへばりつきながらなんとか進んでいく。

亀次郎さんは、腹が立ったんだろうね、「よーし、沖へ出てゆっくり朝飯食いながらお手並み拝見すべや」と言って、船を五、六十メートル離し、真正面に陣取りました。「おーおー、特等席だ」。万一の時のためにエンジンはふかしたまま、トンベツカジカのだい鍋（大きな鉄鍋で作る魚や野菜のごった煮風の鍋物）に、それぞれが持ってきたロシアのフスマにヨモギを混ぜて作ったふかし団子をかじりながら、陸の方を見やっていました。

なんとか崖裾までたどり着いた兵士たちは熊のいるあたりを見上げているのだが、ほとんど垂直にみえる崖はところどころせり出していて、上が良く見えない。熊の方は崖下からの風で人間の匂いをかぎ取り、毛を逆立ててしきりに右へ左へと体をゆすりながら、いつでも来い、と言わんばかりの態勢で待っている。

三人は崖を挟んで沢の左側から一人、右側から二人で挟み撃ちにしようと考えたようです。上が見えないので、左側の一名は熊のいるあたりに見当をつけて、素早い動きで崖を登り始めました。あとちょっと、というところで、ちょっと立ち止まった。と同時に至近距離で熊が前足をまっすぐ上にあげてわーっと立ち上がった。兵士は急斜面で咄嗟に立ち上がりライフルを構え、ターンッ、と一発撃った。と同時に熊は目にもとまらぬ速さで兵士にとびかかった。熊と兵士は一体となって斜面を転がり落ちる。「やられた！」みんな叫んで朝飯を放り出し、船を岸に回しました。空き缶や船べりを叩き、うわーうわーと声を張り上げて、岸に向かいます。

兵士は立ち上がって急斜面を逃げる、後ろから熊が爪を立て、頭に噛り付いて襲い、また一緒になってごろごろごろっ、と転がる、「ああ、もうだめだ！」ところがまた立ち上がって逃げる、クマが噛り付く、また転がる。兵士の頭は血で真っ赤に染まって、それを見た年かさの仲間の一人、高木のおやじさんは息を呑んで、「赤い風呂敷被っているみたいだな」。そんなことを二、三回繰り返してようやく麓にたどり着いた兵士は、まっすぐ私たちの方へ逃げてくる。すると熊は右の方へそれて行きました。ちょうど私たちが大騒ぎしながら岸へ寄ってきたので、嫌がったのでしょう。

一方で右から行った兵士二名は崖の上に出たが熊はいない。何が起こったか下の様子も見えない彼らは「熊はどこだ?」と叫んでいる。するとフラフラになりながら逃げてきた先ほどの兵士が「あっちだ」とか、「もっと降りろ」と返事をしている。全くタフなものです。上の二人は熊に気づかず、へっぴり腰で斜面を降りてくる途中でようやく熊を見つけ、一斉射撃を始めた。それた弾が岩にあたって火花が散り、土煙があがります。熊は上に敵がいることが分かったんでしょう、弾が当たると一瞬ガクン、となるのですが、それでも気丈な熊でね、右へ左へ動きながら敵にむかって上に駆け登る道を探している。そして兵士たちのいる場所に到る赤土がむき出しになった斜面を見つけると、太く厚い胴体がしゅっ、と一瞬狐のように細くなったかと思うと、さーっ、と瞬く間に崩れた斜面を駆け上った。一斉射撃の玉の雨の中を今まさに兵隊のいる張り出しに登り切ろうとした瞬間、ばーっ、と手足がまっすぐに伸びたかと思うと、そのままダーッと落下しました。どこかに致命傷を受けたんでしょうね。体中黄色い土砂にまみれてピクリとも動かなかった。私は瞬間、映画『駅馬車』を思い出しました。スローモーションで映画を見ているようでした。

ソ連兵たちも私たちも茫然と熊の傍らに立っていた。亀次郎さんが兵士たちに身振りで「止めを撃て。熊は死んだふりをするから」と言ったが理解できない。結局ライフルを渡された亀次郎さんに言われて、清三さんが眉間にターンと一発撃ちました。発射音が岩にこだましました。兵士たちも私たちも皆、なぜか無言でした。

岩場を大変な苦労して大熊を船に乗せると、船の中はもう、熊だらけで、傾いたままそこを離れました。兵士たちは皆気が抜けたのか、ひっくり返ったまま荒い呼吸をしていました。けがをした兵士は頭や肩に大きくえぐられた爪痕があって、血が出ていました。胸の動悸が収まらない様子でした。どうやら彼が助かったのは、一発目が熊のあごにあたったためで、激高した熊は何度も後ろから頭に噛り付くのだが、噛めなかった。

滝のように流れる熊の血で兵士の頭は真っ赤になっていたのです。船に乗ってひと段落して初めて、彼がものすごい熊臭い匂いをさせていることに気が付きました。

シーマ四十七号は昼過ぎに薬取へ帰港し、その日の漁労は打ち切り、午後は休みになりました。

私が家で休んでいると、その日はドクトルも三時頃に早帰りしてきました。気を付けをして「ただいま帰りました」、に始まっていつも通り律儀な帰宅儀式を終えると、長靴を脱いで茶の間に上がりました。

「ママ、今日はカザルマから熊の舌をもらって来た。兵隊が熊撃ちに行って肉は将校たちで分けて、私は舌をもらったんだ。これをバターで焼いて頂戴。オーチェニフクースナ（とても美味しい）」

と言っておもむろにクラスナヤ・ズベズダ新聞にくるんだ、黒ずんだごろんとした塊を母に差し出したんです。私はぎょっ、としました。母もさぞ気持ちが悪かったことだろうね。私はロシア人っていうのは動物の舌まで食うのか、と衝撃を受けました。私たちは肉っていえば、腿とか肩でしたからね、なんて野蛮なんだろう、と思いました。

彼は軍医ですから、あの怪我をした兵士を治療したに違いない。ドクトル、実は今日ね、と熊撃ちの顛末を話しました。「彼は大丈夫だった？」と問うと、「ニチェボー（大したことないよ）」。戦場の怪我に比べれば大したことはないということでしょうか。

しかしあのロシア人の根性とタフさには本当に感心させられました。当時は日本の陸軍は強いと思っていたけれど、ああいうタフさを見ると、日本人なんて足元にも及ばないな、と思いました。

翌日のシーマ四十七号は、昨日の話題で持ちきりでした。亀次郎さんはあれは手負いの熊だったんだろう、と言いました。

「子連れ熊は気が荒いが、普通熊はおとなしい。驚かせない限り自分からはかかってこないもんだ。鼻は利くが、目がよくないみたいだ。山道で遭っても、目をぱちくりしてこっちを見てる、『おい、避《よ》けろ』と声をかけてしばらくすれば、藪の中に逃げ込む。その逃げ込んだ藪の前を通るときは、気持ちのいいもんではないがな。あの熊はきっと、モヨロ街道あたりで巡回の兵士にでも撃たれて、体の中に弾が入ったままかもな」

熊は挟み撃ちにされることをわかっていたようでした。熊も実に利口で、勇敢な動物でした。

クリトゥールヌイ（礼節ある態度）

私たちはロシア人の労働者と一緒に仕事をさせられていたので、彼らと接してろくでもない言葉を覚えてくるのでした。するとドクトルはそれを聞いて「他の人はいざ知らず、お前は絶対にそんな言葉を使ってはいけないよ」とたしなめるのでした。「女性の前で卑猥なことを言ってはいけないよ」と厳しくいましめてくれました。「クリトゥーリヌイ（礼節のある）」が彼の口癖でした。

ドクトルは、いつでも身だしなみにもとても気を遣っていました。医者としてのプライドが高かったのです。いつも胸を張って、時にパンを小脇に抱えて歩く様も、実にいい姿でした。酔っぱらったときでも、暴力をふるうことなど一度もありませんでした。

スピルト（アルコール）は、実はあまり強くなかったのかもしれません。

もっともロシア人同士、日本人対ロシア人の時でも、ロシア人は決して暴力をふるうことはありませんでした。そういうところは、戦勝国民なのに偉いと思ったものです。我々日本人にはなかなかできないことです。

また、戦争に負けたのですから、日本人も賢明に対応しました。ソ連は恐怖政治の国、密告などを恐れていましたから、ソ連軍やコンビナートに反抗することなどできません。感情をじっとこらえてきたことは事実です。しかし先の見えない息苦しい生活がいつまで続くのか、あるいは生涯かも、ならば家族の安全のためにも今後ロシア人とどのように仲良く生活すべきかを考えましたから、対立など全くありませんでした。

ドクトルの気遣い

ドクトルとは映画の話や地下鉄の話をしました。「モスクワには世界一の地下鉄があるぞ」というので、「地下鉄なら東京にだってある」と答えると、「いや、モスクワの地下鉄は違うんだ、ものすごく技術的で、世界にもこういう地下鉄はない」という。映画ではロシアで初めてできた天然色の映画『カメニーツウェトク（石の花）』の話をして、機会があったらぜひ見なさい、と言っていました。「モスクワに行ったら必ず地下鉄を見なさい」というので「いや僕はそんなところへ行くことは一生ないよ」というと、「そんなこと分からないよ、行ったらぜひ見なさい」と言っていました。ところが実際に二〇〇四年に返還運動のミッションでモスクワへ行くことになったんです。いの一番に行ってみましたよ、ドクトルの言っていた、これがそうか、とね。「人生は分からないよ」。彼の言葉が蘇りました。

ドクトルは出会ってしばらくすると私に乗馬ズボンと、ギムナスチョルカという立ち襟にボタンが三、四個、袖はカフスにボタンが三個ついた、生地は杉織り、薄緑色の上下一着をくれました。ズボンは腿が膨れた乗馬ズボン型でした。「ちょっと着てご覧」。良く似合うと彼はご満悦でした。彼の古びた革長靴を私の編み上げ靴と交換して、私はそれを大得意でずっと身に着けていました。引き揚げ間近になってひざも抜けたようになった頃に、彼に返したんです。ドクトルが、これは軍のものだから、民間人のお前が着ていてとがめられてはいけないから返してくれ、と言ったので。彼はそういうことまで考えて、返してと言ったんですね。靴はそのまま日本に履いてきました。靴底が減ってしまい惜しみながら捨てました。

ドクトルはいろんなことで気を遣ってくれていてね、風呂をもらいに来る灰色の帽子をかぶったゲーペーウーの将校が、「今、俺の悪口を言っただろう」って絡んできたことがあるんです。もちろん私の中に反発心があって、悪い目つきでもしたのかもしれないが、私は「言ってない」、彼は「いや言った」と言い張り、争いになりそうになったんですが、ドクトルが間に入って「いや、俺はこの子といつも話をしているんだ、俺は日本語は話さないが、聞いてると分かるんだよ。この子は決して君のことを何か言っているわけじゃないから」とさかんにとりなして、上手く収めてくれました。当時、やはり言葉が通じないので、ちょっとした目つきや感情の行き違いで問題が起きることもあったんでしょうね。

当時の新聞、プラウダは、インクがブルーでね、必ず一番最初にレーニンかスターリンの写真が載っていました。彼は写真を見せて、「これはスターリンだ。切り抜いて、部屋にはっておきなさい」という。私は嫌だ、と言ったんです、日本はスターリンと関係ないってね。すると、いや誰か他の人間が入って来た時にスターリンをちゃんと尊敬しているんだと見せるために、家族の写真と並べて八畳間に飾りなさい、と言い張る。そこで額を一つはずして、そこに入れたんです。今思えば、彼なりに私たち家族を守ろうという配慮だったんですね。もらい風呂にゲーペーウーの将校が来ていたから、山本家の息子はことごとく反発している、という印象を和らげるためにね。恐怖時代にあったソ連で、あまり表には出さないが、少しずつ我々家族に対する配慮を見せてくれました。

後になって、このもらい風呂の将校は、私のすぐ下の妹の徳江を気に入って、嫁にくれって言い出したんです。モスクワに出張して行くから、何でも欲しいものを言いなさいと。そこで香水とパフが欲しい、と言うと、分かった、と出かけていった。彼が行って一月くらいで引き揚げ命令が出るんですが、まさにその日に彼は帰ってきちゃって、言ったお土産はちゃんと持ってきたんです。で、日本へ帰るなら妹は置いていけ、とひきとめるので、彼を説得するのが大変でした。ただ、妹が日本にみんなと帰りたいと泣き出したのでね……。それでも絶対不幸にはしないから、とまだ言っていたけれど。冷や汗ものでした。母と二人して、お土産なんていらないって言えばよかったんだが、ドイツにこてんぱんにやられていて、島では彼ら、紙だって何だって日本人よりずっと悪いものを使ってたんですよ、そんなものあるわけないと思ったんです。どっこい、モスクワにはあったんだね……。

ドクトルは煙草の巻き方も教えてくれました。当時日本では紙巻き煙草が一箱一円くらいだったと思うが、ロシアでは四ルーブル。当時のレートは一ルーブル四円くらいだったんだろうけど、島では一円一ルーブルの換算でした。ドクトルは手巻きが上手いんですよ、見ているとね、教えてやるって。ですから私はマホルカを巻くのは上手いですよ、でもあれはロシアの新聞じゃないとだめなんだ、日本の朝日新聞なんかの紙じゃ、ぜんぜんくっつかないんです。

ドクトルと音楽、『セルツェ(心)』のこと

うちには蓄音機があったんですが、ロシア人に見せると「クピ、クピ」といってとられてしまうから、サウンドボックスに紙を詰めて小さい音で聞いていた。ある時ドクトルがいるところで、もういいや、と、家にあった流行歌なんかをかけて聞いたんです。ドクトルには「とられるといけないから隠してたんだ」というと、笑っていましたがね。

しばらく日本のレコードを彼も一緒に聞いていたんですが、ドクトルが、自分がレコードを友達から借りてくるから聞こう、というので、ぜひ借りて来て、と言ったんです。彼が借りてきたのが、日本ビクターの八枚入りコンチネンタルタンゴ集とロシアのものを数枚だったんです。その中の一枚に『ドシュ　イジョット』と書いた曲があるのですが、歌はロシア語ではない。ドクトルに「これはどこの言葉?」と聞くと、「知らない」

この歌に魅了され、メロディーも覚えていました。引き揚げ後、NHKのラジオでシャンソンを聞いていた時に、これはティノ・ロッシが歌う『小雨降る径』だったんだと分かりました。フランス語だったのです。

ドクトルはロシア語のタンゴで、『セルツェ』、という曲がお気に入りでした。ロシア人の間で人気があったのは、飲むと必ず歌う『カリンカ』のほかに、『ダラグーシャ』、という歌があってみんな歌っていましたね。『カチューシャ』、『アガニョーク(ともしび)』なんかも人気があった。私はドクトルにこれらの歌を教えてくれと頼みましたが、ドクトルはもっぱら、この『セルツェ』を歌って、教えてくれません。

綺麗な娘は数多く、
愛らしい名前は、何とたくさんあることか
けれども、その中のただひとつだけが、心を揺るがす
恋をしているとき、
心は乱れて、眠ることもできない
恋は思いがけず、不意に訪れる
全く思ってもいない時に

そして夕べのひと時は、たちまちこんなにも
素晴らしいものになり、
僕は歌を歌いだす

セルツェ、心よ、お前は平穏無事なんて
望まない
セルツェ、心よ、この世に生きているのは
なんて素晴らしいのだろう
セルツェ、心よ、ありがとう、
お前のおかげで、こんなにも人を愛することができるなんて

（レベジェフ＝クマチ作詞・ドゥナエフスキー作曲『綺麗な娘は多いけれど』）

「素晴らしい歌だ」と言うのだが、彼は少し音痴だったんですね。私はヨーロッパの人

にも音痴がいることにとても驚きました。だから、出だしのメロディーはあまりはっきりしないけれど、明るい調子の『セルツェ』のくだりははっきり覚えていました。曲を通してどんな歌なんだろうとずっと思い続けていたんです。

それが平成五年六月に、初めての全国規模のビザなし交流が始まって、その時色丹島を訪問したんです。そこで昼食会でロシア人たちが『セルツェ』を歌ったんです。この言葉を聞いて、「えっ」と思い、歌詞を教えて下さい、とその場でお願いしたのです。しばらくたってから歌詞と楽譜が送られてきました。何十年もの間、どんな歌なんだろうと思い続けていたんですよ。楽譜を送ってくれたのは、ニコライ・サスノフさんという方でした。どうしていらっしゃるか、忘れることはありません。

戦時中は三国同盟の音楽は大丈夫だったんですが、アメリカなど他の国の音楽はだめだった。ですが、旭川で中学に通っていた時には、下宿先の長男がクラシックが好きだったり、伯母がまかないをやっていた自動車工場の職工さんたちがよくジャズをきいていたので、耳にすることは多かった。結構規制は緩やかだったように感じます。

洋楽はいつも、いいなあ、と思っていたので、ロシアのメロディーも耳によく残りました。今でも耳に残っていますよ。『赤いサラファン』など子供の頃に聞いた歌を歌うと、ドクトルは、知らない、とにべもなく言っていましたが。もしかすると戦意高揚の曲ばかりだったのかもしれませんが、リュブリュウ（愛している）とかいう言葉が歌の端々に出ていましたので内容が想像できました。いい曲ばかりでした。アメリカや他の西欧の曲とは違っていた。島に来たロシア人たちは皆ハーモニーもとても上手で、誰かが歌うと自然に即興でハーモニーをつけて歌っていました。天性のものなのだろうと思いました。

ドクトルとは、このように音楽を一緒に聞いたり、いろんな話をする中で、どんどん親しくなりました。ノモンハン事件なんて、日本では自分たちが負けたなんて書いてないから、どっちが勝ったか、なんてことまで論争したんですよ（帰国後、日本軍は大敗北していたこと、かつこの教訓を後に生かせなかった愚も知りました。ドクトルは肩をすくめ小首をかしげ、私を見ていました）。小さい弟妹はドクトルのことを私の兄のように感じていたかもしれませんね。

ある時ドクトルが、「俺は今軍隊にいるだろう。もしかしたら、十年二十年後にソビエトと日本が戦争になるかもしれない。その時に、もしお前と戦場でばったりあったら、おそらくお前は、『あれは昔のソビエトの将校だから、一斉攻撃をしろ！』って言うだろうな」と言ったことがありました。私は「そういうことはないよ、万一戦争したとしても、もし戦場でドクトルだと分かったら、僕はすぐ戦争をやめて駆け寄り、握手をしたいと思うよ。白旗がなければ、白いシャツを振ってでも停戦を呼びかけるよ」と答えました。ドクトルはちょっと真顔になって私を見つめて、「ダア？（そうかい？）」と言いました。

ドクトルは「戦争は絶対してはいけない」と自分自身に諭すように、静かに強調しておりました。ソ連では対独戦の時には小さな女の子までナイフを持って戦ったとその攻防戦の凄まじさを話していました。

いまではどこの出身だったか忘れてしまいましたが、彼はよく父親の話をして、出身地ではよく零下六十度にもなるんだ、でも四十度を越えると同じようなものだよと言っていました。それから、ロシア人はパルチャンカという大判のフランネルのゲートルをみんな巻くけれど、巻いた最後を下に向けて折り曲げて留めると凍傷にならないのだ、と教えてくれました。その上からフェルトの長靴のバーレンキを履いてね。当時日本人は、ほら、『ロスケ』は貧乏で靴下もなくてあんな布っきれ巻いてさ、と小馬鹿にしていたんですが、ちゃんと意味があったんですね。そこで私は巻き方をドクトルに習ったんです。それが後になって、裁判を受けに何日もかけて冬道を天寧へ行くときに大変役に立ちました。フランネルを二、三枚持っていって、それをとっかえひっかえ巻いて旅をしたのです。分厚い靴下とは較べものにならぬ使い勝手の良い心地をしました。

コンビナートに貸した店舗が全焼

昭和二十一年の六、七月ごろのことでした。その頃はもうドクトルが家に住んでいたんですが、うちには空き家にしていた別棟の倉庫があったんです。漁業コンビナートが入ってきて、恰幅《かっぷく》のいいロシア人の若い商店主とその奥さんがそれを「貸してくれ」、とやって来た。それに賛同してやると、コンビナート用のパンや靴などをそこで売り始めたんです。ところが夜の間、店番を日本人の、ちょっと知的な障害がある人に頼んでいた。たまたま私が別飛（ベットブ）にコンビナート用の食料の運搬のために船で一泊どまりで出かけていたところ、その留守番の人が失火で店を焼いてしまったんです。

その時ドクトルは、母に「ドクトル、屋根に上りなさい！」と言われて屋根に駆け上り、裸足で火の粉を踏み消したそうです。弟の話では、急いで靴持ってこい、頭が熱いから帽子とってこい、と命令されたとか。ドクトルは、あの時は足をやけどしてしまったよ、と、これはずっと後になってから笑っていましたが。

放火嫌疑で取り調べ

私は不在だったからアリバイがあるが、ロシア側の民警が、「お前は日ごろからロシアのことを良く思っていないだろう、誰かに言って火をつけさせたんだろう」と言い出した。それから母が残っていたので、母にも疑いをかけたんです。そのとき家に住んでいた江村さんという元衛生兵が真っ先に現場に駆けつけたんだが、彼も証人として引っ張られました。また以前に日本軍から横流ししてもらったガソリンを持っていて、それを無線担当のロシア兵に頼まれて譲ってやった人がいたんですが、「なぜそんなものを持っていた」と疑われ、これも出頭させられた。さらに夜中外出禁止なのにマージャンをしていて店の前を通りかかっていて、「店の中にはちゃんとランプがともっていた」と証言した人も怪しい、と言われて、四人で出頭を命じられた。事件が起きてからすぐに民警と国境警備隊とに呼び出されました。警備隊は簡単な取り調べで済みましたが、民警には、執拗に何度も呼び出されました。警備隊のほうはおそらくドクトルを通じて現状把握ができていたからだろうと思っていました。ドクトルは軍人としての自覚を心得ている人で、日常会話でも一切、カザルマ（国境警備隊兵舎）の話はしませんでしたし、私達もそのようにしていましたが。

民警のほうは、何日かおきによばれて同じことを聞かれる。少しでも違うと突っ込まれるので、全く同じことを何度も答えないといけませんでした。それでも同じ取り調べが一月ほど続いたあとは、一件落着した、とすっかり忘れかけていました。

愛妻ヴィエラ、モスクワから来る

十月頃、ドクトルはそわそわしています。モスクワからヴィエラが来るというのです。彼が紗那へ出迎えに行って連れてきました。写真よりもきれいでした。早速彼はヴィエラを私達に紹介しました。ニコニコして頷いていました。優しい人だな、と思いました。ドクトルは家の中や台所を見せて、このスカヴァロートカは大きいだろう、日本語ではフライパンというんだよ、などと普段使うことのない日本語を口にしていました。

ガワァリ、ガワァリの時間になると二人で居間に来て話の仲間に入るのです。ヴィエラは背丈は百六十五センチ、着ている物も、履物も島のロシア人たちとはすべて違っていました。美人でアメリカの女性歌手ドリス・デイにそっくりです。ドクトルが鼻を高くしているのが分かりました。ただ一つ私が気になったのは、ヴィエラはいつもドクトルの傍へ座らず、私の隣に座って、頭を肩にもたせ掛けたりするのです。

間もなくドクトルは私に、ヴィエラはモスクワから来る途中恋人ができたこと、彼の暮らす紗那へ連れて行くことを告げました。母や私はびっくりしました。十一月に入る前に紗那へ彼女を送って行くというのです。日本なら姦通罪です、しかしドクトルは落ち着いてキチンと対処しました。我々には計り知れない深い事情があったのでしょう。それでもその時は無性に腹が立って、『ドクトルのバカ、お人好し！　ほっとけばいいのに』と思ったものです。

ヴィエラにはモスクワの話が聞けず心残りでした。今でもヴィエラもどうしているか気になります。

民警の再呼び出し

火事のことをすっかり忘れていた十二月の初め、民警から呼び出され、紗那で裁判があるので今月十一日までに来い、という。しかし母が「こんな大家族を残していけると思うのか」、と食ってかかったところ、「じゃあ長男一人で良い」ということになったんです。

その時直感的に『これは民警の功名心が絡んでいるのでは?・』とすぐに思いました。薬取に民警は一人きりで、これが日本人に会うとすぐに「マヤ　ケンペイタイチョ」と言って威張ってみせるお山の大将でした。このマヤ（私の）、は、日本人が間違ってヤ（私は）というべきところをそういうので、真似していたらしい。小柄で頬がこけて、疑り深そうな、狐のような感じの男でした。日本の銃剣を自分で作り替えてジャックナイフみたいに腰から下げて威張っているので、日本人は皆こっけいに思って、小ばかにしていましたね。この昭和二十一年の五月頃には、日本人は警備隊にはある種の親近感をいだくようになっていました。それは山本家におけるドクトルの存在や、カルピンコ隊長とそのモンゴル系の夫人の気さくな物腰が、自然とそのような雰囲気をかもしだしたのかもしれません。一方民警に対しては、彼のいかにも軽々しく見える行動に、日本人はほとんど相手にしないような空気がありました。

ドクトルには、カザルマから戻るとすぐに、民警から裁判所出頭命令を告げられたことを伝えました。彼はしかと私の目を見て、「ダァ?・（そうなのか?・）」とだけ答えました。私は軍と民警は別物と理解していましたので、ドクトルに助力を頼む気持ちは一切起きませんでした。このソ連という国ではあくまでも自分の力で乗り切る以外に道はないと覚悟を決めておりました。武装解除した日本の兵隊たちがシベリアへ連行されたという噂を聞いていましたし、場合によっては戻ってくる可能性はないことも。後になって母もまた、あの時は、昭平はもう戻ってこないかもしれない、と覚悟して送り出した、と言っていました。

紗那の法務局へ出発

犬を一頭連れて、四人でスキーで出かけました。ドクトルはその時に、紗那へ行ったらヴィエラに手紙を渡してくれと手紙を託しました。私はパスポルトと一緒に大事に手紙を持って出かけたのでした。

さて、ドクトルは出発の前に、「ロシアの兵隊から途中で必ず誰何《すいか》を受けるだろう、三回目で返事をしないと撃たれるから、二回以内に何でもいい、『ダー』と答えなさい」と助言してくれました。十二月八日頃だったと思います、蘂取から曽木谷に一泊、翌日ポロスに一泊しました。ルチャルは軽石なので冬場は山越えができず、大変難儀しながら海際を波が引いたときをねらって、スキーを担いで百メートルくらい走って通りました。別飛に着いたときは夜で、そこで案の定、誰何されたのでした。ドクトルのアドバイスがあったのですぐに「ダー」と叫んで事なきを得ましたが、普通の日本人はそのようなことを知らないから、返答するかどうか迷ってしまったでしょうね。ドクトルの一言のおかげで、命拾いをしたのでした。

別飛では別飛小学校の寺校長さん宅に一泊させて頂き、翌日紗那へ向かいました。

天寧へ

紗那到着は昼を過ぎていました。法務局は旧日本の郵便局舎でした。その足で法務局へ行って書類を出したところ暫く待たされた後、天寧（テンネイ）へ行けと言われてしまい、すっかり落胆しつつ、子供の頃世話になった郵便局に近い鈴木という家に泊めてもらい、日暮れになってからドクトルから託された手紙をヴィエラに届けました。彼氏は勤務中で未だ戻っておらず、彼女は驚きながらも非常に喜びました。明日天寧に行く、と言うと「ここに泊まって行きなさい」と親切に言ってくれました。私はロシア人にまで親切にしてもらえる自分が不思議な気がしてなりませんでした。

留別で一泊して、年萌（トシモイ）へ行きました。年萌では留別の高橋光さんから紹介していただいた新婚のご夫婦の家にお世話になりました。この方が、「天寧には日本人が誰も残っていない、スキーを履いていくと取られるおそれがあるぞ」というのでスキーを預け、一同徒歩で行きました。単冠（ヒトカップ）湾沿岸をぐるっと歩いて行きました。犬も置いていった方がいいと言われましたが、犬は樺太犬で、道中ポロスから別飛まで夜間で全く道が分からないところを、嗅覚だけを頼りにまっすぐ町に入っていった頼りになるものだったので、犬だけは連れて出かけたのでした。

天寧に続く砂浜は穏やかで、波打ち際をアメリカ製のトラックやジープがスピードを出して行き交っていました。「この砂浜、日本のトラックなら砂にめり込んで動けなくなるのに」とこの機械力にもただただ驚きました。

天寧も間近くなった時のことです。向こうからソ連の将校が馬に乗って駆けて来たのですが、その途端、犬が突如猛然と吠え掛かり、馬が驚いて暴れだし、将校が犬に向かってピストルを撃ち始めたのです。馬は驚いて急に立ち上がり、途端に将校はどーん、と落馬して動かなくなりました。

私たちは真っ青になりました。犬を押さえつけ、落馬した将校の様子をうかがっていましたが、ピクリともしません。一同は顔を見合わせました。結局は一番年の若い、少しロシア語のできる私が落馬した将校の所へ行く羽目になりました。しかし彼の手にはピストルが握られています。近づくのも危険極まりありません。ゆっくり近づいて声をかけました。「ズドラーストウィティ（こんにちは）」。彼はむっくりと起き上がり私を見ました。「プラスチーテイ（申し訳ありません）」。犬が吠えたことを詫び、体は大丈夫かと言いながら服に付いた砂を払い除けると、彼は、有難う、と言ってパピロス（紙巻き煙草）をさしだしました。遠くで固唾を呑んでいる三人に「おーい、煙草をいただいたよー」と声をかけると、将校は「ええっ、仲間がいるのか？」と驚いた顔をしていました。

「どこへ行くのか、そうか、気をつけて行きなさい」

将校はそう言って、再び馬に跨って年萌に向かって駆けて行きました。私の鼻腔に強いアルコールの臭いが残っていました。

私はこの時、犬に対して頬ずりしてやりたいような感動を覚えました。私たちは、敗戦国の人間であるゆえに、彼らが武器を持っているゆえに、不本意ながらも彼らの言いなりになり、抵抗もできないでいます。しかし我が愛犬は、敢然とソ連将校に挑みかかりました。犬はあるいは主人の危険を感じてソ連兵に挑戦したのかもしれません。

軍事裁判所にて

天寧の法務局員は少佐クラスの偉い人のようでした。天寧は元海軍航空隊があったそうで、台地までは坂になっていて、上り切った場所に神社があり、ここを裁判所に使っていました。裁判所の中は二つに仕切られ、一方が取り調べ室、片方が容疑者の控え室になっていて、われわれはここに寝泊まりしました。仕切り壁の中間にストーブを置いて、両方の部屋が暖まるようにしてあります。一晩中薪を焚いて暖めました。着のみ着のまま犬を抱いてのごろ寝です。そこに四、五日いたのでした。

一日目は取り調べも難儀しましてね、私はドクトルとの付き合いでロシア語が分かっていたけれど、他の人たちは、取り調べるほうも必死に話しかけるが、意思が通じない。次の日にはロシアの中尉が通訳としてやってきたが、やはりどうも話が分からない。三日目くらいまでこんなふうに埒《らち》が明かず、結局四日目にまともな通訳が来て、各人の話を聞いて、ようやく聞き取りが進むようになりました。

滞在中は当番兵が食事を朝夕運んできて、犬も一緒に粗末なスープと黒パンのおいしくない食事をとりました。ただ、こういう食事は普通のロシア人も取っていたもので、われわれが特別に悪いものを出されたわけではなかったんです。食器を返しに行くのは私の担当でした。そこは裁判官の住居も兼用していたのです。

何日目でしたか、夕食を返しにいくと、そこに女性がいてね、清楚で品がよく、すぐに裁判官の奥さんだとわかりました。彼女は私を見て大変驚き、「あなたどこから来たの?」とたずねました。「薬取からです」と答えると、ますます驚いて、なぜロシア語ができる、というので「うちにはドクトルがいるのです」と話すと、ああ、彼のことなら知っていますよ、お前は発音が良い、などと大変感心している。「それでお父さんはどうしたの？」と言うので、「アメリカの空襲で、根室で亡くなったのです」と答えました。「家族は？」と言うので、「弟妹が七人と、母がいます」と答えたところ、奥さんはいたく感じ入った様子で、「よく分かりました。私が主人に話をして、すぐ帰れるようにしてあげる。もうすぐお正月も近いし、家族みんなに私がプレゼントを用意しておくから、必ず取りに来るのですよ、必ずね」と言いました。

それからその奥さんとは会いませんでしたが、その時から食べ物がぐっと良くなったんです、白いおかゆにバターを落としたものなど出してくれてね、みんな喜びました。彼女の配慮だったんでしょう。

最終的に一人ずつよばれて、判決を言い渡されるのですが、すべてロシア語ですから何を言われているのか全く分かりません。「以上だ」と言われ「これにサインを」、と紙を出されました。サインしろといわれた時、これはシベリア行きか無罪かのどちらかだ、と思うと、覚悟はしていても全身から脂汗が出ました。仕方ない、と腹をくってサインすると、「結構。これで帰って良いが、これから四時間あげるから、四時間以内にここを出なさい。この四時間の間は、ここの基地のどこを見てもよいから」と言われました。

おそらく、裁判官の奥さんが、山本少年に会いたいから時間をやってくれと頼んだのに違いない。他の三人も同じように言ってもらっていて、皆で相談しました。そこで私は「約束はあるが、やはりここは航空基地のあるところだから、うっかりその辺に行って、スパイだ、って言われたら大変だ。取り返しがつかないから、やはり一刻も早くここを出よう」と話しました。親切な奥さんに挨拶もせずに行くことに後ろ髪を引かれましたが、転ぶようにして天寧のあの坂を駆け下りて、帰っていったのでした。

何十年たった今でも、彼女の好意はあの状況下では大変なことだったのだろうという思いがあり、それを踏みにじったようで悔やまれてなりません。当時はスターリン時代で、人々は選挙だなんだって言っちゃあ酒を飲んで騒いだり、明るいのだが、思想面では国の雰囲気は暗かった。スパイの疑いをもたれるのが一番恐ろしかったらしい。緊張は気配でわかりました。私たちも特高に見張られる雰囲気を知っていましたから。

帰路、紗那から別飛へスキーで向かう途上に、奇妙な人の群れを見ました。十名ほどのロシア人たちが数珠つなぎにされて、件の〝ケンペイタイチョ〟の民警に雪の中を歩いて連行されていくのです。この人たちはポロサンの捕鯨場跡の大きな番屋でタラの燻製を作ったり、イクラの加工をしていた漁夫たちで、顔見知りも何人かいました。私が民警に「一体どうしたんだ」と尋ねると、この人たちは馬を殺して食ってしまったので、国家の物を盗んだことになり、国家反逆罪だから逮捕されたのだ、というのです。何十年もの重い刑罰が科されるらしい。

藻取にはもともと牛を飼う人は無く、交通用の馬だけでした。私たちも戦前牛肉は紗那から入手していました。漁夫たちが馬を食べてしまったらしい話は一九四六年の春ごろ耳にしていましたが、民警が気づいて、自分の点数稼ぎのためか、逮捕したのでしょう。

私はなんだか割り切れない気持ちになりました。馬はすべて日本人が飼っていたものです。ソ連占領後、船などと同様、馬も接収されてしまいましたが、それがソ連の国有になったとはその時考えられませんでした。彼らも、日本人の馬だから、と食べてしまったに違いない。「しかも彼らは同じ民族を、こんなひどい条件でしょっぴいていくのか。ひどいな。もし俺が引っ張って行かれたら、うちの家族はどうなるんだろう」と思いました。暗い雪道をとぼとぼと引かれて行く姿が、気の毒でなりませんでした。

この家を焼かれた時の経験から、いつも後ろから監視されているな、と感じました。それだから、引き揚げの時にソ連に残ってもいいのだよ、と言われた時に、絶対に嫌だと思ったのです。

第四章

別れ

引き揚げ命令下る

昭和二十二年八月三十日、三、四人で沖へ出て定置網の番についていたんです。午後になって村の高台から女たちが「引き揚げ命令がでたよ！」と叫んでいるので慌てていったんシレトの作業現場に戻り、名簿で名前を確認して家に戻りました。カントーラ（警備隊本部）に出頭し、カルピンコ少佐に日本に行くか残るかの確認を取られました。村の半数約三十八世帯百八十人ほどが第一次強制送還となったのでした。

そしてその晩ドクトルに、「引き揚げ命令がでた、三十六時間以内にトッカリモイ漁場に荷物をまとめて集合するように言われたんだ」と伝えました。ドクトルは、「明日は勤務があるから、見送りに行けない」と言いました。私はドクトルに赤いギヤマンの煙草ケースをプレゼントしました。かねてから彼がとても欲しがっていたので、引き揚げ情報を早めに知ろうと思った私が一計を案じて、「薬取を私たちが去るときにあげるからね」と言っておいた物でした。もっともドクトルは人が良くてぼんやりしていたから、そんな情報など手に入れるすべもなかったでしょうけれどね。

それをあげた時に、彼は初めて日本語で「アリガトウ」と言いました。他にも何か欲しいものがある?と聞くと、私の父が描いたハマナスを花瓶に生けた油絵が欲しいと言う。これは父の形見だから大切にしてね、と言って差し上げました。それから従妹が子供の頃日本舞踊を踊っている着色の写真と、バイオリンを一丁。そして蓄音機も「壊れているけれど」、と断ってあげてきた。そのほか何でもあなたの欲しいものを自分の部屋に入れておいて、とドクトルに言いました。

「引き揚げるのに何日くらいかかるのかな」とドクトルが言うので、私が意地悪な気持ちで、「分からないよ、一ヶ月かもしれないし、そのままシベリア送りになってしまうかもしれないから」と言うと、「私は煙草をお返しにあげる」と言って、二百本くらい入った大きな包みをくれたのでした。これは後に樺太で収容所に荷物を運ぶ時に便宜を図ってもらうのに役立ちました。

翌朝、家族全員と握手をして、さようなら、と言って勤務に行きました。それがドクトルとの別れでした。ドクトルは軍人です、涙なんて見せないで、いつもの笑顔で出勤して行きました。

トッカリモイ漁場から曽木谷へ

その後、私たちは九月三日までトッカリモイに待機、こっそり村へ戻って様子を見に行く人もいましたが、私は一家の主としてできるだけ用心を心がけ、彼らに不必要な失策を見とがめられないように、じっと我慢していました。また一度我が家を捨て未練を断った以上は戻らない決心でしたから、それを貫きました。見送りに来なかった軍人ドクトルも同じ思いであったと思います。

弟妹には、大越さんのお姉さんが帯を使って手縫いで作ってくれた、一人ひとりの体にぴったり合ったリュックサックに食べ物をたくさん詰めて持たせ、母と一緒に「万一はぐれても必ず助けてくれる人がいるから、生き延びなさい」と言い含めておきました。本当に日本へ帰れるのか、ひょっとしてばらばらにされるのではないか、という不安は最後まで抜けきれませんでした。

四日に突然発動機船に乗せられて、曽木谷へ移動させられました。残された日本人労務者はその日も漁労に従事し、見送りはその家族の一部、ロシア人の民間人も数えるほどで、ほかに国境警備隊の兵士数名と、村を去る家族に余儀なく置いていかれた飼い犬だけでした。犬は、別れるのが分かっていたんでしょうね、浜辺を行ったり来たりしているのですが、船がどんどん離れていくと、そのうちの一匹が思い切って海に飛び込んで、追って来るんです。すると次々にほかの犬も続いて海に飛び込んで、飼い主のところへ必死について来ようとするのです。機関士はそれを振り切ろうとスピードを上げるのですが、悔しくて、無念で、今まで我慢していたのをこらえきれず、みんな大声をあげて泣き出しました。その声と発動機船のエンジンの音がトッカリモイ崎の崖に、うわーん、と反響して何とも言えない音を立てていました。

択捉島から樺太真岡港へ

前日来の雨も上がり、曽木谷はいい朝を迎えていました。沖にはソ連の五、六千トンくらいの貨物船が入っていました。大急ぎではしけに荷物を積み込み沖へ。多少うねりがありましたが、人間と荷物は一緒にウィンチで吊り上げられ直接船底の船倉へ、病人は戸板か簀巻きのままこれもウィンチで。沖での本船移乗は慣れない老人、子女には危険極まりないので、乱暴だが一番安全な方法だったのだと思います。本船のウィンチオペレーターも結構上手でした。ヴィエラもこのようにして上陸したのだろうか、などと詰まらないことがふっと脳裏をよぎりました。

事故もなく船はすぐに錨を揚げ、次の別飛、紗那、留別、内保に寄って日本人送還者を乗せ、進路を樺太に向けて出港しました。進路の左側は北海道です。ソ連の小意地の悪さ、無情が憎たらしくなりました。

このソ連の貨物船はアメリカ船でした。煙突には英文字のステンシルが巻きつけられ、その上からソ連国旗が塗られていました。

朝、着いたところが樺太の真岡（ホルムスク）港でした。持って来た荷物をいったん埠頭に降ろし、全員市街をぞろぞろ引かれて収容所まで歩かされた時、敗戦国民の惨めさを味わわされ、悔し涙が止まらなかった。収容所へ落ち着き一段落して、本船から降ろした荷物の搬入が始まった。ドクトルにもらった煙草をソ連のトラック運転手に渡して、収容所まで藻取の人の荷物を真っ先に運んでもらいました。けれども第一収容所から第二収容所へ移されるときに、現地の未帰還日本人と自称する人に騙されて、所持金をすべて巻き上げられてしまいました。まさに「首吊りの足を引張る」の喩え、人間の根性の凄まじさを身をもって味わわされました。

けれど運の良いことに、地獄とも言えるこの収容所を比較的短期間で出て、日本の引揚船徳寿丸に乗って函館に向かうことができました。ところが船内で腸チフスが発生したとして、幽霊船のような貨物船に移らされ、函館湾内に十日間も留め置かれ、みんな不満で暴動が起きそうになりました。そこで誰かがのど自慢大会をやろうと言い出し、何とかそれを抑えました。『港シャンソン』を歌った人がものすごくうまくて、深く印象に残りました。

やっと十月一日に上陸したところが、ここでも再び荷物をすべて開梱、アメリカ軍のMP立会いで検査され、はらわたが煮えくり返る思いでした。乞食のように成下った引揚者が何を隠し持って来るというのか。DDTを頭からズボンの中にまで振りかけられ、手の平に検査済みの大きいハンコを押されるに至っては、豚並みだと自嘲しました。

初めての土地、秋田県へ

上陸後、函館港内の収容施設で一日を過ごし、翌十月三日朝早く青函連絡船で青森へ。青森駅では、長いプラットホームを八人分の座席を確保するため弟と二人で必死に走り、ようやく母と妹達を座らせた時には、かつての東京での経験がここでも生かせたと誇らしくなりました。

弘前駅についた時、ここから五所川原の生家に帰るいつも家の大工仕事などをやってくれていた宮崎夫婦が「昭平さん大丈夫？」と言いたげな眼で去って行った姿は瞼に焼きついています。人々の交わす大声、岡晴夫の歌う『啼くな小鳩よ』がやかましくホームに流れ、学徒援護会なる腕章をつけた学生が忙しげに走って行く。蘂取村のあの静寂は何だったのだろう、と思う。

鷹巣駅で阿仁合線に乗換え、母の実兄が暮らす桂瀬に向かう。周りの大人たちが話す秋田弁は弟妹たちには分からず、急に異国に来た感じがしたといいます。来なければ良かったとすら思ったらしい。実は私が一番不安なのですが、そんなことはおくびにも出しませんでした。まず母と弟妹たちをいったん駅で待機させ、家長として私が一人で出向いて初対面の挨拶とお願いをする。承諾を得て、家族を連れて戻る。かねてから母との話し合いで決めておいた段取りでした。

ドクトルの思い出

日本に戻ってからドクトルのことを思い出したかって？　ええ、私は事あるごとに、また山本家の一人ひとりが、みんなそれぞれドクトルの思い出を持っています。母は客が来るたびにドクトルの話をして聞かせていました。今でも兄弟が二人寄ると話がでますよ、四季折々、事に寄せて、「ドクトルは今どうしているだろうね」と言う具合に。

思えばいろいろな人がいて、いろいろな出来事があった。その中でドクトルは実に高潔な、上等な人物でした。ドクトルに対して何ひとつ疑う気持ちは、一切ありませんでした。生きていれば会いたいけれど、彼は本当は飲めない酒を無理して飲むようだし、医者の不養生でしたからね、きっともう、死んでしまっていると思うんです。医者という仕事は、とてもストレスがあったんだろうと思います。

もしも彼が退役してふるさとに帰っているなら、私の父が描いたハマナスの油絵を部屋のどこかに掛けていないだろうか。バイオリンはどうしただろうか。私の従妹の踊りの写真は、エンジのガラスの煙草ケースは？

ソ連の体制が一変したとき、何とかドクトルを探してもらう手立てがないものか、自由訪問や墓参事業などでと考えましたが、一歩前へ進む手立てが思いつかないまま、今に至っています。

もし今、彼を訪ねることができたらどうでしょう。昔彼がやったように玄関に入るや否や音をたてて両足を揃えて気を付けの姿勢、そして声高らかに、「ドークトル、セルゲイ・ヤマモト　セチャース　プリイエスト（ドクトル、セルゲイ山本、ただいま戻りました）」と片言でドクトル風に言ったら、「エフ、テイ　ズダローウイ（お前、やるじゃないか、元気だったかい）」と長い腕で抱えこまれそうです。

わずか二年間ではあったが、敗戦下の山本家にとってドクトルとの出会いは偶然とは考えられないと思っています。運命の糸を操っている何者かが細工をしたのではないか、そんな気がしてならない。――いつかあなたとお話した、霊魂は残ると。
ドクトルの好意に心からお礼を言いたい。あの緊張した日々、一家はどれほど癒されたか計り知れません。ドクトルのヒュウマニズム、島では日ソで銃弾の撃合いはしなかったが、日本はソ連に負けた。その国民である島民を、山本家を大切にしてくれた。その寛容さは天性のものか、ご両親がご立派な方であったに相違ない。亡き母もろとも深く敬意を表します。

ドクトル、あなたは藻取で私たちと別れた後、どうしていましたか？ あなたの生まれた所、家族のこと、お名前をもう一度聞きたいです。軍を退役した後、あなたはどうしていたの？ ヴィエラとは、あのままになってしまったの？ 私たち山本家のみんなは、彼女がドクトルのところへ帰って来ることを、願っているのだけれど。

（完）

あとがき

山本昭平さんと出会い、彼とドクトルの物語を初めて聞いてから早十年がたってしまった。彼の語りの魅力に惹きこまれ、これを何とかまとめたいと思いながら、私の力不足で、今日に至ってしまった。

最終的に私のテープ起こしを元に作成した口述筆記に山本さんが細部を加筆してくれて、彼らしい口調を生かしながらこのような形でまとめることにした。

この物語は、単なる個人史の枠組みを超えて、人に感動を与える力があるものだと確信している。実際にあったこの物語を元に更なる作品がどこかで生まれてくることがあれば、これ以上の喜びはない。

長期間にわたり、嫌な顔一つせずに私の問いかけに答え続けてくれた山本さんと、いつも明るい笑顔で迎えて下さった奥様のキヌさんに深い感謝の気持ちを捧げたい。

また、実弟忠平さんが昭和三十年文芸春秋八月号に寄せた「ソ連兵を迎えた故郷『千島』」を参考にした。ご興味があればぜひ、こちらも読んでいただければと思う。

後日談だが、文中のアンドレイ君から山本さんに送られてきたディスクを聞いて、『セルツェ』が、ロシア往年の名歌手ウチョソフの歌う『綺麗な娘は多いけれど』であることが分かった。

最後になるが、不出来な草稿を読み、助言や感想を下さった友人、知人諸氏に心からお礼を申し上げたい。

平成二十八年十一月吉日

増補版あとがき

薬取村には本土のあちらこちらから、千島のみならず果てはカムチャッカに至るまで各地の漁場を渡り歩いている漁業者（若衆、ヤンシュウ）たちが集まって来て、漁期には料亭が二軒に旅館が一軒開くほどの賑わいを見せていた。薬取は、魚の質もまた上等で、ヤンシュウ達にも、ここの魚ほど身が締まって旨い魚はない、と言わしめたほどだったという。漁労の際には、北海道のニシン場で歌われていたと思われるオーシコの歌、という独特のリズムを変化させる歌を歌いながら作業をした。漁具や生活用具の多くに、アイヌ民族の優れた知恵が生きていた。本文中の地元生え抜きのヒーローとして昭平少年が尊敬し、彼に目をかけて可愛がってくれた人々の他に、天寧の裁判所へ共に赴いた二人の人たちもまた、アイヌ民族の血を引く人たちだった。

昭平少年は幼い頃からそういったいろいろな人々や、その出身地の文化が入り混じって暮らす多様性のただ中で育ってきた。彼の物事をあるがままにまっすぐに見通して向き合っていこうとする態度は、北の離島の厳しい自然の中で、自らを信じ、自分の力で切り開いていこうとする『北洋人』の、まさに面目躍如という感じがする。この感覚は、道東根室の、もはやこれより先は海しかないという最果て感と、けれどそこから海が始まるというどこか突き抜けた自由さと、重なる気がしている。

占領者として入ってきたソ連人たちが、独ソ戦で疲弊しきっていた祖国の食料難を打開するため、まずは薬取の人たちの、その土地に適した優れた漁業を学ぼうという実利的な態度に徹していたところもまた、興味深い。山本さんが述懐するように、弾の撃ち合いがなかったことが、市民の犠牲者を出さずに済んだ大きな要因だったのだろう。

北海道新聞社編集委員の本田良一さんが、自費出版で作成したこの小さな物語を新聞で紹介して下さり、同社の根室釧路版で全文掲載されるに至った。本田さんは、同社の相原秀起さんと共に出版の可能性を探って下さって、最終的に東洋書店新社の岩田悟さんが出版を決意してくれて、新しく増補版として生まれることになった。本田さんの多大なお力添えの賜物であった。私と山本さんの二人から、心からの感謝を捧げたい。

北海道新聞社釧路支社、根室支局の皆さん、資料の提供など全面的にサポートして下さった北海道根室振興局の皆さんにも大変お世話になった。公益社団法人千島歯舞居住者連盟からも写真の使用などでご協力いただいた。そして写真家の故平野禎邦氏を通じて知り合った根室のガムッリーの皆さん、『セルツェ』の連載を読んで下さった人々、いつも私を支えてくれる数えきれない人々のおかげで、この本ができた。

重ねての聞き取り取材の際にも、山本さんと奥様のキヌさん、二人のお嬢様にいつも変わらぬ温かい歓待をいただいた。全面的に信頼下さり、貴重な話を聞かせて下さる山本さんとご家族に心からお礼を申し上げたい。今回の取材に際しては、山本さんが発行する藻取の元島民の方々のための『藻取会会報』を多く参照している。この会報は、公的な資料としていずれ保存、公開されることと思っている。

多様な人々が暮らす小さな藁取村を穏やかにまとめて行くために山本さんの祖父、和氏が知恵を絞ったこと、近隣からも見に来るほど盛んだった村芝居、一大行事だった運動会、お祭り、占領後のロシア人たちとのやり取りなど、藁取の生き生きした生活の様子にはまだまだ聞きたいこと、書ききれないことがたくさんあった。

いつかまた、遥かな藁取村への時の旅路を山本さんと共にたどってみたい。

平成三十年十月吉日

不破理江

関連年表

一八五五年(安政元年)	日露通好条約
一八七五年(明治八年)	樺太千島交換条約
一九一七年(大正六年)	ロシア革命
一九一八年(大正七年)	シベリア出兵(〜二二年)
一九二八年(昭和三年)	張作霖爆殺事件、治安維持法改正。**昭平少年誕生**
一九二九年(昭和四年)	世界恐慌
一九三一年(昭和六年)	満州事変
一九三二年(昭和七年)	上海事変、五・一五事件
一九三三年(昭和八年)	ドイツナチス政権成立、日本国際連盟脱退
一九三六年(昭和十一年)	日独防共協定、二・二六事件
一九三七年(昭和十二年)	日中戦争(〜四五年)
一九三九年(昭和十四年)	ノモンハン事件

一九四〇年（昭和十五年）　日独伊三国軍事同盟、大政翼賛会結成

一九四一年（昭和十六年）　独ソ戦、日ソ中立条約、太平洋戦争（～四五年）

一九四四年（昭和十九年）　連合軍ノルマンディー上陸、学童集団疎開開始

一九四五年（昭和二十年）　ヤルタ秘密会議（二月）

東京大空襲（三月）

沖縄戦（四月～六月）

ドイツ降伏（五月）

根室空襲（七月）

広島・長崎原爆投下、ソ連対日宣戦布告、日本ポツダム宣言受諾（八月）

ソ連軍斥候蘂取へ（九月）

ソ連軍蘂取侵攻（十月）

一九四六年（昭和二十一年）　**ソ連国境警備隊蘂取駐屯、ドクトル山本家へ（五月）**

天寧の裁判所へ（十二月）

一九四七年（昭和二十二年）　**引き揚げ命令（八月）**

樺太経由、帰国（十月）

［著者］
不破 理江（ふわ・りえ）
1964年生まれ。神奈川県出身。東京外国語大学ロシア語学科卒。東京での出版社勤務、スペイン留学、北海道での商社勤務などを経て、フリーでロシア語通訳・翻訳業に従事。根室市在住中に北海道新聞『朝の食卓』『夕べの止まり木』、釧路新聞等にコラム寄稿。

山本 昭平（やまもと・しょうへい）
1928年択捉島蘂取村生まれの90歳。旧制旭川市立中学校卒。軍国主義全盛期に育ち、その終焉期を故郷で迎える。1947年ソ連による強制送還で函館港上陸後、秋田県へ移住。戦争体験の「語り部」として現在も講演活動を続けている。埼玉県在住。

セルツェ―心　遥かなる択捉を抱いて

著　者　不破 理江

2018年10月25日　初版第1刷発行

発行人　揖斐 憲
発　行　東洋書店新社
〒150-0043 東京都渋谷区道玄坂1-22-7 道玄坂ピアビル5階
電話 03-6416-0170　FAX 03-3461-7141

発　売　垣内出版株式会社
〒158-0098 東京都世田谷区上用賀6-16-17
電話 03-3428-7623　FAX 03-3428-7625

装　丁　伊藤拓希
印刷・製本　中央精版印刷株式会社

落丁・乱丁本の際はお取り替えいたします。定価はカバーに表示してあります。

ISBN978-4-7734-2033-3